담백한 인생이 행복하다

平淡的人生最幸福 PING DAN DE REN SHENG ZUI XING FU

담백한
인생이
행복하다

무무 지음 | 강은영 옮김

마슬

담백한 삶,
그곳에 행복이 있다

누군가 이런 말을 했다.

"진정한 행복은 큰일을 해야만 얻어지는 것이 아니다. 그것은 마치 주전자에 담긴 물처럼 고요하고 평온하다. 하지만 일단 열이 가해지면 거품을 만들며 거친 물결을 일으키기도 한다."

때로는 인생이 가시덤불처럼 아프고 힘들 때가 있다. 도저히 감당이 안 된다고 느껴질 때가 있다. 하지만 금혼을 맞은 노부부의 이야기를 들어보면 그들도 모두 힘든 시기를 묵묵히 견뎌 지금까지 왔다는 것을 발견하곤 한다.

모옌이 이런 말을 했다. "행복은 아무 생각도 하지 않고 모든 것을 내려놓는 것이다. 몸이 건강하고 정신적으로 스트레스를 받지 않으면 그게 바로 행복이다." 그렇다. 만족할 줄 알고 일상에서 즐거움을 찾으면 그것이 바로 행복이다. 스스로 만족할 줄 모르는 사람은 사는 방법을 모르는 사람이다. 그들은 하루하루를 피곤하고 힘들게 살아간다. 사랑, 우정, 가족과의 관계에서도 어려움을 겪는다. 작은 일에 만족하고, 담백한 삶을 살 줄 아는 사람만이 진정한 행복을 누릴 수 있다.

행복은 맛있는 밥 한 끼나 따뜻한 차 한 잔에 있고, 가족이나 동료와 지지고 볶으며 살아가는 자질구레한 일상에 있다. 사실 행복이란 원래 그렇게 작은 것에서 비롯된다.

세월은 덧없이 흐르고 인생은 꿈처럼 지나간다. 문득 지나온 길을 돌아보면 그 안에 무한한 그리움과 깨달음이 있다. 우리는 그렇게 돌고 도는 세상사 속에서 많은 것을 느끼고 깨닫는다. 그리고 깨달음의 끝에는 언제나 평범한 일상이 있다. 생활이 간소해지면 즐거움이 찾아온다. 그리고 즐거운 삶 속에는 평온함이 깃든다.

인간의 삶은 유한하다. 그러니 내면을 충실하게 채우기 위해 노력하자. 진정한 사랑도 그중 하나다. 사는 게 아무리 고

단하고 힘들어도 계곡물이 마르지 않고 졸졸 흘러가듯, 꽃이 지고 다시 피어나는 것처럼, 그렇게 의연하게 내 삶을 살아나가자.

현재에 집중하자. 아무리 힘들고 어려워도 가장 중요한 것은 현재다. 우리가 눈치채지 못하는 사이 현재는 쏜살같이 지나가버린다. 손에 닿을 수 있는 행복이 진짜 행복이다. 너무 많은 욕심을 내지 말자. 만족을 아는 사람만이 즐거울 수 있다.

내 생각만 고집하지 말자. 넓은 마음을 가진 자만이 기쁨을 느낄 수 있다. 머릿속에서 복잡한 생각들은 지워버리자. 내 능력으로 해결할 수 없는 일들에 대한 걱정도 집어치우자. 인생은 짧다. 돈과 명예는 인위적인 첨가물에 불과하다. 평범하고 간소한 일상만이 진정한 즐거움을 줄 수 있다.

담백한 삶으로 돌아가자. 그곳에 진정한 행복이 있으며 당신의 인생은 그곳에서 비로소 찬란하게 꽃피울 것이다. 그리고 그곳에 진짜 사랑이 있다.

당신을 행복하게 할 그 사랑이.

행복은

바쁜 걸음을 멈추고

잠시 하늘을 올려다보는 여유로움에 있다.

　　길에 핀 작은 풀잎을 바라보는

　　여린 마음에 있다.

CONTENTS

6

산다는 것은
사실 참 좋은 일

1

설령 겉으론

평범해

보일지라도

포기도
즐거움이다

ᵔᵔᵔᵔᵔᵔᵔᵔᵔᵔᵔᵔᵔᵔ

포기도 일종의 선택이다. 인생의 수많은 갈림길에서 나와 맞지 않는 길을 만났다면 포기하는 법도 알아야 한다. 포기해야 할 것을 포기하는 것은 가지는 것보다 더 중요하다.

모든 탐험가가 신비의 세계를 발견하는 것은 아니며, 고된 여정의 끝이 반드시 승리의 종착점인 것도 아니다. 모두의 땀방울이 그에 상응하는 보답을 받는 것도 아니고, 모든 이야기가 아름다운 결실을 볼 수도 없다. 그렇기 때문에 우리는 포기하는 법을 알아야 한다. 그래야만 실패에 부딪혀 앞이 캄캄해졌을 때, 평정을 되찾고 인생의 좌표를 새로이 세울 수 있다.

'타인의 찬사와 모욕에 마음이 동요하지 않으니, 나는 그저 평화롭게 정원의 꽃이 피고 지는 것을 바라볼 따름이고, 사람이 남고 떠남에 연연치 않으니, 창밖에 흘러가는 구름만 바라볼 뿐이네'라고 말한 옛 현인들의 경지까지 오르지는 못할지라도 포기할 줄 알면 그와 비슷한 평화를 얻을 수 있다.

포기는 방랑자의 노래다. 그 처연함 속에 대자연의 원리가 담겨 있고, 우리는 그 안에서 깨달음과 치유를 경험한다. 폭풍우가 지나고 평화가 찾아온 대지에는 다시 싹이 틀 것이며, 동물들이 푸르른 숲속에서 힘차게 뛰어놀 것이다. 그렇게 역동하는 힘이 혈관을 타고 온몸에 퍼지는 것이 느껴지면 다시 세상 밖으로 나갈 용기가 생기리라. 그리고 그 용기는 적을 찌르는 칼날이 아니라 자신과 타인을 부드럽게 감싸는 고운 비단으로 바뀌어 있을 것이다.

포기를 모르는 사람은 마음의 응어리를 풀지 못해 내면이 섣달 안개처럼 음침해질 것이고, 결국에는 자포자기의 순간을 맞이할 것이다. 그렇게 아름다울 수 있었던 여러 날이 나뭇잎을 스쳐가는 바람처럼, 저 멀리 날아가는 기러기의 날갯짓처럼 아무런 흔적도 남기지 못하고 덧없이 지나가 버리리라.

포기를 아는 사람은 스스로의 주치의가 되어 맥박을 짚어보고 적절한 진단을 내릴 수 있다. 무엇이 잘못되었는지를 냉철하게 분석한 후 다시 새로운 목표를 정하는 것도 포기를 통해서만 가능하다. 그렇게 나만의 특기를 발견하고 기술을 습득하며 시야를 넓히는 과정에서 시끄러웠던 마음이 정화된다.

포기를 아는 사람은 자신과 타인에게 무리한 요구를 하지 않는다. 그래서 그들은 포근하고 따뜻하다. 그들이 만들어내는 평화로운 분위기는 그 자체가 즐거움이고 행복이다.

살다보면 좋은 일도, 나쁜 일도, 즐거운 일도, 슬픈 일도 생기기 마련이다. 삶에 대한 통찰과 달관, 긍정적 태도는 각박하고 메마른 삶에 생기를 불어넣는다. 한때 나를 지배하던 이유 모를 우울과 허무도 연기처럼 사라질 수 있다.

직접 경험하지 않고는 알 수 없는 것들이 많다. 다쳐봐야 어떻게 자신을 보호해야 하는지 알 수 있고, 수많은 시행착오를 겪은 후에야 언제, 무엇을 포기하고, 또 무엇을 끝까지 고집해야 하는지 알 수 있다. 사실 우리 인생에서 절대 포기하지 못할 것이란 많지 않다. 포기하는 법을 배우면 사는 게 훨씬 수월해진다.

담백한 인생이 행복하다

이것은 남녀 사이에 있어서도 마찬가지다. 포기란 눈물이 떨어지기 전에 자리에서 일어나는 것이고, 어제를 가슴 깊이 품고 아름다운 기억만을 남겨두는 것이다. 포기가 있기에 두 사람 모두 좀더 가벼운 마음으로 새 출발 할 수 있다.

처절하고 슬픈 사랑만 오래도록 기억되는 것은 아니다. 두 사람이 여기까지 온 것만으로도 쉽지 않았을 것이다. 손을 내밀어 악수를 청하자. 그동안 네가 있어 고마웠다고. 너를 사랑했고 지금도 사랑한다고. 다만 함께할 수 없을 뿐이라고 말해주자.

모든 사랑은 아름답다. 가질 수 없는 사랑은 그리움을 남기고, 상념과 아쉬움은 한밤중에도 우리를 잠들지 못하게 한다. 사랑은 정답이 없는 시험지와 같다. 살다보면 최선을 다해도 안 될 때가 있다. 어쩌면 아픔과 그리움으로 끝난 사랑이 더 오래도록 가슴에 남을지 모른다.

포기.

그것은
어쩌면
긴 여행으로부터의
귀환일 수도,

새로운 여정의
시작일 수도 있다.

홀로
깨어 있는 시간

모두가 잠든 깊은 밤, 사방이 고요한데 홀로 깨어 있을 때면 불현듯 고독이 밀려든다. 그럴 때면 마치 나 혼자 세상 밖에 서 있는 기분이 든다. 있는 힘껏 고독을 밀어보지만 아무런 소용이 없다. 고독은 공기처럼 어디에나 존재한다. 문틈으로, 창문으로, 구름을 타고, 바람에 섞여 나를 향해 밀려온다.

잘 기억나지 않지만 나는 언제부턴가 고독을 즐기기 시작했다. 어쩌면 원래 고독을 좋아하는 사람이었는지도 모르겠다. 조용한 곳이 좋다. 이해타산에 따라 이리 휩쓸리고 저리

담백한 인생이 행복하다

휩쓸려 다니는 것에서 벗어나 평온한 시간을 보내고 싶다. 나는 종종 혼자 조용한 방안에 앉아 무거운 생각들을 잠시 내려놓곤 한다. 고독에 파묻혀 있을 때면 아무것도 생각할 필요가 없다. 침대에 누워 이것저것 아무렇게나 상상의 날개를 펼치기도 한다. 이 순간만큼은 아무도 나를 간섭하지 않는다. 나는 칠흑 같은 어둠을 향해 가슴에 묻어두었던 말들을 모조리 털어놓는다.

고독은 스스로를 돌아볼 기회를 준다. 고독을 통해 우리는 더 많은 자유 시간을 가질 수 있다. 혼자 지난 일들을 찬찬히 돌이키며 원망과 미움은 어두운 밤하늘로 날려보내고 가슴에 맺힌 매듭을 풀어버린다. 복잡해서 뭐가 뭔지 통 알 수 없던 것들도 고독 속에서는 맑은 샘물의 바닥을 보듯 투명해진다. 가슴이 뻥 뚫리고 내가 가야 할 길이 눈앞에 분명하게 나타난다.

고독할 때는 명상 말고도 할 수 있는 일들이 아주 많다. 예를 들어 책장에 꽂힌 책들을 꺼내 책장을 한 장 한 장 넘기다 보면 예전에 느꼈던 감동이나 깨달음이 다시 생각나기도 하고 새로운 영감이 떠오르기도 한다. 혹은 노래를 혼자 흥얼거릴 수도 있다. 구슬픈 노래도 좋고, 빠르고 신나는 노래도 괜찮다. 오직 나를 위해 부르는 것이다. 이 순간 나는 가수이자 청중이다. 또는 일기를 쓸 수도 있다. 가슴속에 담아두었던 말들을 종이 위에 숨김없이, 거침없이 다 털어놓는 것이다.

어떤 이는 인간과 고독의 관계에 대해 이렇게 말했다. '사람들은 고독에서 빠져나왔다가도 결국에는 다시 고독으로 돌아간다. 이것은 일종의 순환이다. 오랜 역사 속에서 인류는 고독을 이겨내기 위해 부단히 노력했다. 하지만 한편으로는 고독이 떼려야 뗄 수 없는 친구 같은 존재임을 깨닫고 그것과 함께하는 법을 터득했다.'

나 역시 그랬다. 처음에는 뜻하지 않게 고독을 맛보았고, 언젠가부터 고독에 익숙해졌으며, 점차 고독을 즐기는 방법을 터득했다. 지금은 고독 또한 인생의 기쁨이자 즐거움이라는 것을 안다.

물론 모든 사람이 다 고독을 자연스럽게 받아들이고 즐기는 것은 아니다. 하지만 복잡하고 어지러운 이 세상을 살아가는 이상 그 누구도 고독에서 벗어날 수는 없다. 어쩌면 고독이 없는 인생은 완전한 인생이 아닐지도 모르겠다. 그래서 인간은 누구도 고독을 피할 수 없는 것일지도. 고독이 찾아왔을 때 기쁜 마음으로 그 시간을 즐겨라. 고독은 자아를 회복하고 살찌울 좋은 기회다. 외롭다고 투정을 부리고 벗어나려고 발버둥치는 대신 그 안에서 나를 더 충실하게 만들 방법을 찾아

담백한 인생이 행복하다

보라. 고독은 결코 두려운 존재가 아니다. 진짜 두려운 것은 고독 속을 파고드는 외로움이다.

고독을 즐기는 일은 마치 녹차를 음미하는 것과 같다. 처음 우려냈을 때는 싱거워서 무슨 맛인지 잘 모르지만, 시간이 지나면서 점차 깊은 향을 느끼게 된다. 또한, 고독을 즐기는 일은 마치 인적이 드문 밤거리를 산책하는 것과 같다. 너무 조용해서 처음에는 낯설고 이상하지만, 점차 그 고요함에 빠져든다. 고독을 즐기는 일은 마치 불어오는 바람과 같다. 처음에는 얼굴이 간지럽지만, 점차 시원한 쾌감을 느낄 수 있다.

그러니 고독이 찾아온다면 밀어내려 애쓰지 말고 마음의 문을 열어 받아들여라. 고독을 즐기는 것 또한 인생의 묘미 중 하나다. 나는 앞으로도, 기꺼이 고독한 영혼으로 살아갈 것이다. 이 번잡한 세상 어딘가에 나 혼자만의 공간 하나쯤 필요하지 않겠는가.

지나간 인연에
연연하지 않기

어쩌면 그는 한때 당신의 인생에서 가장 중요한 사람이었는
지 모른다. 다 잊었다고 생각했는데, 특정 장소를 지나거나
어떤 물건을 보게 되면 어김없이 그가 생각나 가슴이 아려온
다. 잊으려 노력하지만, 도저히 잊히지 않는다. 알코올 의존
자처럼 그와의 기억들은 아무리 끊어내려고 해도 끊을 수가
없다.

새가 날아간 자리에 날갯짓의 흔적이 남고, 꽃이 피었던 자
리에 향기의 흔적이 남듯 사람이 떠나간 자리에도 흔적이 남

담백한 인생이 행복하다

는다. 그 흔적이 남은 장소를 우연히 지나칠 때, 아픔은 미처 마음의 준비를 할 틈도 없이 가슴을 파고든다. 그가 어디에 있는지조차 모르면서 나는 그를 여전히 잊지 못한다. 그와의 좋았던 순간들이 자꾸만 떠오른다. 그리움은 외로움이자 끝없는 고통이다.

그와 처음 손잡았던 곳, 그와 처음 키스했던 곳을 지날 때면 짐짓 아무렇지 않은 표정을 지어보지만 곧 두 뺨 위로 눈물이 흘러내린다. 잊었다고 생각했는데 이렇게 다시 눈물이 나는 걸 보면 상처는 아물지 않았고 나는 그가 여전히 그리운가 보다. 잘 지내느냐는 물음을 한숨과 함께 허공에 묻는다.

이별에는 저마다 사연이 있다. 어쩌면 처음부터 잘못된 만남이었는지도, 아니면 아예 시작도 하지 못했는지도, 그것도 아니라면 아주 짧은 만남이었는지도 모른다. 같이 있을 때는 함부로 대하다가 상대가 떠난 후에야 아쉬워하고 있는지도 모르겠다. 어찌 되었든 이미 모든 것이 끝났다. 어쩌면 당신은 자존심도 모두 버리고 매달렸을지 모른다. 하지만 떠난 것은 돌아오지 않는다. 오래전에 깨달았어야 했다. 그가 이미 나를 포기했다는 사실을. 매달리면 매달릴수록 나에게 남는 것은 슬픔뿐이라는 것을.

나는 그를 사랑하고 있는 걸까, 미워하고 있는 걸까? 그에

관한 작은 소식에도 가슴이 철렁이고 밤에 홀로 깨어 눈물을 흘리며 그를 그리워한다. 그가 나에게 돌아오는 모습을 상상한다. 너무나 사랑했기에 헤어나올 수가 없다. 어째서 나는 이토록 연약한 사람이 되었단 말인가? 그가 떠났기 때문에? 아니면 그의 굳은 맹세가 남긴 따뜻함을 잊을 수 없어서?

당신은 생각해 봤는가? 그가 당신에게 맹세했듯이, 다른 누군가에게도 같은 맹세를 할 수 있다. 그는 약속해놓고 그 일을 잊어버렸다. 왜냐하면 그는 원래부터 당신 옆에 남아 있을 사람이 아니었으니까. 설령 당신의 모든 것을 주었다고 해도 그의 발걸음을 되돌릴 수는 없었을 것이다. 처음부터 당신 인생에서 한 번 왔다가 흘러가버릴 인연이었다. 굳게 약속했다고? 그게 어쨌단 말인가? 그의 약속은 이미 바람처럼 흔적도 없이 사라져버린 지 오래다. 이곳에는 이제 쓸쓸한 공기만이 남았을 뿐이다.

어쩌면 이미 새로운 사랑이 찾아왔음에도 불구하고 아직도 떠나간 그의 그림자를 벗어나지 못하고 있는지도 모르겠다. 기억하라. 당신이 그에게 완벽할 정도로 잘했다고 해도 그는 떠났을 것이다. 한마디로 인연이 아니었다. 만약 만족을 모르고 나를 진심으로 대하는 사람의 마음을 아프게 한다면 당신의 인생은 점점 더 꼬일 수밖에 없다.

담백한 인생이 행복하다

사랑은 본래 깨지기 쉽다. 사랑이 어떻게 변할 수 있느냐고 묻지 마라. 어쩌면 그는 처음부터 당신을 사랑하지 않았을지도 모른다. 이제 내 것이 아닌 그를 놓아주자. 그리고 가슴을 쫙 펴고 미래를 향해 웃어보자. 우울함이 따라오지 못하게 성큼성큼 앞을 향해 나아가자. 이제 당신의 인생을 다시 즐거움과 기쁨으로 채우자.

누군가를 위해
　　제자리걸음 하지 마라.

당신의 것이라면
　　언젠가는 돌아오고,
당신의 것이 아니라면
　　언제든 떠나갈 것이다.

떠난 사람에 대한 미련 끝에는 허무함만이 남을 뿐이다.

너무 멀지도
가깝지도 않게

어디선가 이런 얘기를 들은 적 있다. '친구는 마치 여름 같아서 꾸밈없고 직설적이다. 하지만 너무 뜨거우면 오히려 도망갈 수 있으니 딱 반하半夏만큼만 대하자.'

약초 중에도 반하(여름의 반 또는 여름의 한가운데라는 의미의 한자명에서 유래했으며, 외떡잎식물 천남성목 천남성과의 여러해살이풀-역자)라는 이름의 풀이 있다. 우정은 그 반하처럼 고유한 맛을 지니고 있으면서도 너무 진하지 않고, 달지도 짜지도 않아야 한다. 그리고 반하처럼 매년 연이어 피어나는 연속성

담백한 인생이 행복하다

을 가져야 한다.

친구와 자주 연락하지 않으면 관계가 소홀해지고, 이와 반대로 지나치게 치중하면 오히려 친구에게 부담이 된다. 그는 당신과 친구가 되는 것이 매우 피곤한 일이라고 생각하게 될 것이며 당신 또한 힘들고 지칠 것이다. 연인 사이와 마찬가지로 친구 관계에서도 서로를 대하는 감정이 완전히 등가를 이룰 수는 없다. 반드시 둘 중 한쪽은 더 많이 좋아하게 되어 있다. 그리고 상처 받기도 더 쉽다.

따라서 친구와의 관계에서도 자기 컨트롤이 필요하다. 일방적으로 너무 많은 것을 주려고 하지 마라. 그렇게 하면 당신은 친구에게 너무 많은 것을 바라거나 기대하면서 부담을 주는 일이 없을 것이며, 그것이 자신은 물론이고 친구에게도 상처를 주지 않는 방법이다.

모든 사람이 다 친구가 될 수는 없다. 사람마다 생활 방식, 처세 방법, 흥미, 성격 등이 제각각이기 마련이며 친구를 선택하는 데도 각자의 기준과 조건이 다르다. 나의 친구 선택 기준은 '마음이 얼마나 잘 통하는가'이다. 나는 사람이 우정 없이는 살 수 없는 동물이라고 생각한다. 우리에게는 서로에게 관심을 가지고 응원할 친구가 필요하다. 친구가 곤란함에 처하거나 좌절을 겪고 있을 때 도움의 손길을 내미는 것이 비싼 선물을 하는 것보다 훨씬 중요하고, 그런 친구야말로 진정한 친구다.

친구가 상처를 줄 때는 잘 모르거나, 무의식적으로 저지를 때가 대부분이다. 이에 반해 도움을 줄 때는 진심이다. 그러니 모르고 했던 일들은 잊어버리고 진심으로 도와줬던 일들만 기억하자. 이런 시선으로 주위를 살피면 생각보다 친구가 더 많다는 사실을 발견할 수 있다.

살다보면 아무리 친한 친구 사이에도 다툼이 있을 수 있고, 그 다툼으로 인해 한동안 만나지 않기도 한다. 하지만 한밤중 적막 속에서 홀로 깨어 있다보면 그 친구와 좋았던 일들이 하나둘 머릿속을 스쳐 지나가고, 새삼 그가 얼마나 고마운 존재인지 깨닫게 될 것이다. 친구는 너무 가까우면 관계가 복잡해지고, 너무 멀면 소원해지니 지킬 것은 지키면서 최소한의 거리를 항상 유지해야 한다.

나는 좋은 사람들을 영원한 친구로 만들고 싶다. 하지만 그것은 불가능하다. 만남이 있으면 반드시 이별도 있기 마련이다. 그저 순리를 받아들일 뿐 강요할 수는 없다. 인연이 닿으면 그 친구는 자연스럽게 내게 다가올 것이고, 인연이 다하면 곁에 묶어두려고 아무리 애를 써도 떠나게 되어 있다. 헤어지는 순간 원망할 것도, 집착할 것도 없다. 의기소침한 모습은

담백한 인생이 행복하다

혼자 견뎌 내고 사람들 앞에서는 밝은 모습만 보여주자. 그게 바로 인생이니까. 누군가는 오고, 누군가는 떠나도 삶은 계속되어야 하니까.

냉정한 사람도 사실 마음속 깊은 곳에는 외로움이 있다. 그들도 누군가와 마음을 나누기를 바란다. 인간은 누구나 저마다 아픔을 지니고 있기에 마음이 잘 통하는 누군가와 교감하고 서로를 이해하는 과정을 통해 치유를 경험할 수 있다. 하지만 진정한 우정은 여기에서 한발 더 나아가 타인과 조화롭게 어울리는 방법을 알아야만 가능하다. 진정한 우정은 서로를 이해하는 데 그치지 않고 서로에게 의지가 되어주고 도움까지 줄 수 있다.

생각하고 그리워할 사람이 있다는 것, 힘들 때 기꺼이 도움의 손길을 내밀어줄 누군가가 있다는 것만큼 힘이 되는 게 또 있을까? 우정은 그만큼 중요하다. 우정이 있기에 우리의 인생은 다채롭고 깊이 있어 진다.

넓은 마음을 가진 사람은
무엇이 다를까

옛날 어느 절에 노스님이 있었다. 하루는 저녁에 산책을 하는데 담 아래 의자 하나가 덩그러니 놓여 있는 것이 보였다. 스님은 그 의자를 보자마자 누군가 규율을 어기고 밤에 몰래 절을 빠져나가기 위해 준비한 것임을 알아챘다. 스님은 아무 말 없이 의자를 한쪽으로 치우고 의자가 있던 자리에 서서 허리를 굽혔다. 잠시 후 스님의 예상대로 누군가 담 쪽으로 다가오는 소리가 들렸고, 이내 한 어린 중이 담을 넘어 스님의 허리를 딛고 땅에 착지했다. 그 순간 중은 자신이 방금 밟은 것

034 　　　　　　　　　　　　　　담백한 인생이 행복하다

이 의자가 아니라는 사실을 알아차렸다. 그리고 노스님을 본 순간 변명조차 하지 못하고 입만 쩍 벌린 채 그 자리에 얼어붙고 말았다. 그런데 노스님은 야단을 치기는커녕 평온한 목소리로 어린 중에게 말했다.

"밤바람이 차구나. 들어가서 옷 한 벌 더 걸치고 나오렴."

노스님은 그렇게 제자를 용서했다. 관용 또한 무언의 가르침임을 알았기 때문이다.

심리학자들은 관용이 심신의 건강에 유익한 작용을 한다고 말한다. 다른 사람을 용서할 줄 모르면 오히려 자신의 정신 혹은 육체 건강을 해치게 된다. 타인이나 자신에게 너무 엄격하면 계속 긴장 상태를 유지하게 되고, 내면의 갈등이 해소되지 않아 신체 내분비 기능에 문제가 발생한다. 이로 인해 생물학적 반응이 일어나면서 혈압이 올라가고 위와 장의 기능이 약해진다. 긴장된 심리 상태가 내분비 기능에 영향을 주고, 내분비 기능의 문제는 다시 심리적 긴장을 가중해 악순환을 일으키는 것이다. 결국 몸과 마음이 다 황폐해지며 최악의 경우 극단적인 상황에까지 이르게 된다. 하지만 용서와 관용은 생각의 전환을 가져오고 마음을 정화해 인간관계 개선에 도움은 물론 걱정과 불안도 상당 부분 해소된다.

관용은 타인의 잘못으로 인해 나를 벌하는 것을 막는다. 타인에게 관용을 베풀기 위해서는 먼저 자신을 너그럽게 대할 줄 알아야 한다. 스스로에게 너그러운 사람만이 타인에게도 아량을 베풀 수 있다. 번뇌의 반은 나에게서 온다. 땅바닥에 원을 그려놓고 그것을 감옥이라고 우기며 선 밖으로 나오지 못하는 사람을 보면 어떤 생각이 드는가? 대부분 그를 정신이상자라고 생각할 것이다. 하지만 정작 여러 상황에서 자신이 그렇게 행동하고 있다는 사실을 깨닫는 사람은 많지 않다.

모든 사물에는 장단점이 있다. 최고만 추구하고 가질 수 없는 것을 가지려고 욕심내다보면 필연적으로 한계에 부딪힌다. 그리고 그런 사람들은 결코 살아가는 즐거움을 느낄 수 없다. 나의 부족함을 겸허히 인정할 때에만 우리는 한 발짝 앞으로 나아갈 수 있으며, 괜한 질투로 영혼이 병드는 불행한 일을 겪지 않을 수 있다.

너그러운 마음으로 나를 바라보고 일상생활과 업무에서 평정심을 유지하려 노력하자. 이런 마음가짐을 지니고 있어야만 비로소 내실을 튼튼하게 할 수 있다. 평소 내실을 튼튼하게 하는 일은 매우 중요하다. 기회는 오직 준비된 자에게만 주어지기 때문이다. 남과 다투지 않고 오직 자신의 기량을 갈고닦는 데만 집중하면서도 인생을 담백하게 살아가는 법을 익힌다면 일과 가정에서 모두 만족스러운 성과를 얻을 것이

담백한 인생이 행복하다

다. 물론 성공을 위해 모든 것을 내던지고 이 한 몸 불사르겠다는 투지를 가지는 것도 좋다. 하지만 그것에 매몰된 나머지 시야가 좁아지지 않도록 주의해야 한다. 진짜 크게 될 사람은 눈앞에 이익과 명예에 절대 집착하지 않는다.

중국 속담 중 '재상의 뱃속에는 배 한 척도 담을 수 있다'라는 말이 있다. 큰사람은 넓은 아량이 있음을 이르는 말이다. 옛 성현들은 자기 수양을 통해 자아의 내실을 다지는 한편 타인에게도 영향을 미쳤다. 아량이 큰 사람의 영혼은 무엇을 하든, 어디에 있든 자유롭다. 이에 비해 작은 일에 집착하는 사람은 매번 체면도 잃고 항상 우울한 기분으로 살아간다. 넓은 마음으로 평정심을 유지하며 사는 사람만이 기회가 왔을 때 잡을 수 있다. 당나라 관료 위정은 직언을 일삼아 때로 당 태종의 노여움을 사기도 했지만, 당 태종은 이를 마음에 두지 않고 오히려 위정을 가까이하였다. 그 덕에 중국 역사상 길이 남는 번영의 시대가 열렸던 것이다.

진정한 관용은 타인의 부족함은 물론 장점까지도 포용하는 자세이다. 나보다 능력이 뛰어난 사람에게 질투하기보다 이른바 청출어람靑出於藍의 이치를 받아들이고 뛰어난 자를 인정하고 가까이하며, 나아가 그들을 위해 기꺼이 '사다리'가 되어줄 줄도 알아야 한다.

관용은 또한 상호 보완의 과정이기도 하다. 상대방이 잘못을 했을 때, 그것을 바로 보고 적절한 비판과 함께 도움을 주어야 더 큰 잘못으로 이어지는 것을 막을 수 있다. 또한 자신의 실수나 잘못에 대해서도 너무 실망하거나 좌절하지 않고 넓은 아량으로 받아들이며, 그 안에서 교훈을 얻어야 한다. 이번 잘못을 교훈 삼아 장점은 키우고 단점은 보완해서 다시 한 번 앞을 향해 힘차게 나아가는 발판으로 삼는 것이다.

관용은 그 사람이 얼마나 단단한가를 보여준다. 관용은 아무런 투자도 하지 않고 공짜로 얻을 수 있는 정신적 보상이다. 관용은 본인의 심신 건강에도 유익할 뿐 아니라, 친구 관계, 가족과의 화목, 원만한 결혼 생활, 직장에서의 성공 등에서도 필요한 요소이다. 그러므로 주변 사람들을 좀더 너그러운 마음으로 대하자.

물론, 관용은 무조건적이어서는 안 된다. 나와 남, 나아가 사회에 이익이 된다는 전제하에서만 관용이 베풀어져야 한다. 이때 사회 법규나 도덕적 관념은 가장 기본적인 테두리가 될 것이다. 대부분 양심이 있고 부끄러움을 아는 보통 사람들에게는 용서와 관용이 주어져야 하지만, 타인의 권리를 무참히 짓밟고 개선의 여지조차 없는 사람들에게는 절대 마음이

약해지지 말아야 한다. 관용은 유약함이나 포기가 되어서는
안 된다.

관용의 방법을 제대로 익힌다면 우리의 삶은 더 즐겁고 풍
요로워질 것이다. 관용은 우리에게 길을 인도할 중요한 인생
철학이다.

너그러운 마음으로 서로를 대하다보면

우리가 사는 이 세상도
조금은 더 따뜻해지지 않을까?

2

어찌 되었든
삶은
계속되어야 한다

마음이 지쳤다고
느껴질 때

△△△△△△△△△△△△△△△△

하루 중 꼭 한 번은 얼이 빠진 것처럼 집중이 안 될 때가 있
다. 한 달 중 며칠은 무기력해져 아무것도 하기 싫을 때가 있
고, 일 년을 살다보면 왠지 모르게 하는 일마다 꼬이고 잘 안
풀릴 때가 있기 마련이며, 평생을 살다보면 절망하고 낙담하
여 몸과 마음이 피폐해질 때가 반드시 한 번은 꼭 온다.

 피곤함은 몸과 마음의 상태가 바닥을 치고 있음을 말해준
다. 때론 매일 똑같이 반복되는 일상이 우리를 지치게 한다.
인생에는 내 힘으로는 어찌할 수 없는 것들이 존재하고, 그곳

담백한 인생이 행복하다

에는 좌절과 낙담, 실망과 무기력이 있다. 매일 새로운 인생을 맛볼 수도 없고 언제나 똑같은 양의 열정과 패기를 가지고 사는 것도 불가능한 일이다. 비록 입으로는 "힘내자"를 되뇌며 자신을 채찍질하지만 그조차 마음대로 되지 않는다.

그런데 사람들이 간과하는 사실이 있다. 인생이란 원래 누구에게나 예외 없이 평범하고 자잘한 일들, 재미없는 일상으로 채워져 있다는 것을. 우리는 왜 자신의 인생이 희망과 흥분, 꿈과 설렘으로 가득 채워져야 한다고 생각하는 걸까?

인생이란 원래 그런 것이다. 아무리 똑똑하고 재주가 많다고 해도, 아무리 성격이 명랑하다고 해도 예외일 수 없다. 높은 이상을 품었다고 해도 일단 현실을 직시해야 한다. 모든 일이 내 뜻대로만 되는 것은 아니라는 점을 깨닫고, 앞으로도 계속 두려움이 엄습할 것임을 인정해야 한다.

어떤 이는 예고도 없이 불어 닥친 시련에 쓰러지고, 어떤 이는 삶의 짐이 너무 무거워 멀리 도망쳐 숨어버리며, 어떤 이는 타락과 환락으로 빠져든다. 왜 이런 일들이 벌어질까?

활활 타오르는 촛불도 언젠가는 꺼지는 것처럼 인생에도 끝이 있다. 삶은 그 자체로 존재할 뿐, 그곳에서 무엇을 가져올 수도, 가져갈 수도 없다. 아무것도 마음에 담아둘 필요가 없다. 무엇을 위해 그리도 진지하단 말인가.

우리의 힘으로는 어쩌지 못하는 일들이 수없이 일어나고 수많은 번뇌와 상실, 좌절이 존재하는 것이 인생이다. 그중에는 차마 다시 떠올리기 싫은 일도 있고, 차라리 머릿속에서 지워졌으면 싶은 일도 있다. 때로는 가족, 친구, 연인에 대한 사랑도 마음이 지치는 원인이 된다. 소위 말하는 '자랑스러운 일', '긍지', '자긍심'이라는 것들을 위해 얼마나 많은 심리적 대가를 치러왔으며 앞으로 치르게 될까? 수없이 많은 기억과 감정의 찌꺼기들이 켜켜이 쌓이면서 심리적인 부담도 점점 더 커지게 된다.

인간은 누구나 인생이라는 긴 여정을 정처 없이 떠돌아다니는 방랑자다. 머물렀던 장소는 지나온 역이 되고, 한때 만났던 사람들은 스쳐지나간 객이 된다. 우리는 언제나 옛 추억을 떠올리고 그리워하지만, 우습게도 그리워하는 그 시간 속에서 서서히 흐릿해져 간다.

마음이 지치는 이유는 '포기할 것인가' 아니면 '끝까지 밀고나갈 것인가'를 결정하지 못했기 때문이다. 인간은 누구나 인생의 갈림길에 선다. 무엇을 포기하고, 무엇을 지켜야 할까? 지키는 것도 용기지만 포기도 용기다. 무엇이 정답인지는 어느 누구도 감히 자신 있게 말할 수 없다.

마음이 괴로운 이유는 잊는 법을 모르기 때문이다. 모든 것

담백한 인생이 행복하다

을 마음에 담고 있으니 과부하가 걸릴 수밖에. '기억해야 할 것은 기억하되 잊어야 할 것은 잊어라. 바꿀 수 있는 것은 바꾸고 바꿀 수 없는 것은 받아들여라.' 이 말을 실천하는 사람이 과연 몇이나 될까?

마음이 고통스러운 이유는 너무 많은 것을 원하기 때문이다. 우리는 이미 알고 있다. 이 세상에는 절대 실현할 수 없는 일이 있고, 처음부터 정답이 없는 문제도 있으며, 영원히 결말이 없는 이야기도 있고, 결코 친해질 수 없는 사람도 있다는 것을. 하지만, 그럼에도 불구하고 원하며 기다린다.

마음이 즐겁지 않은 이유는 너무 많은 것을 따지고 계산하기 때문이다. 우리의 문제는 가진 것이 너무 적어서가 아니라 너무 많은 것을 따지고 계산하기 때문에 생긴다. 이 세상에 완벽한 것은 없다. 때로는 부족하기 때문에 아름답다. 애잔하고 오래도록 잊히지 않는 그런 아름다움 말이다.

우리는 살면서 수많은 유혹을 만난다. 그 속에서 과연 몇 명이나 소신을 지킬 수 있을까? 몇 명이나 나 자신을 잃어버리지 않을 수 있을까? 사랑을 이해하지 못하던 나이에 사랑은 갑자기 찾아왔다 덧없이 떠나가고, 서랍 속에 빛바랜 사진으로 남는다. 전공이나 업종을 선택한 지 이미 오래되었는데 이제보니 내 적성이 아니지만 되돌리기에는 너무 늦었다. 이룰 수 없는 꿈이라는 걸 알면서도 그 꿈에서 깨어나기란 쉽지 않다. 불평불만을 하면서 노력은 하지 않고, 매일 계획만 짜고 실천에 옮기지는 않는다. 공부하는 건 싫지만 졸업장을 따기 위해 밤을 새우고, 말주변이 없는데 나를 어필하고 상품을 홍보해야 한다.

우리의 삶은 어쩔 수 없이 받아들여야 하는 것들로 가득하다. 꽃이 피고 지는 세월을 우리의 힘으로 어찌할 수 없듯이 인생은 그렇게 수많은 아쉬움을 남기고 흘러간다.

고군분투하는 삶 속에서도 고통과 고독은 불쑥불쑥 찾아든다. 아무리 좋은 물건도 언젠가는 낡기 마련이고, 뇌리 깊이 각인된 기억이라 해도 세월이 지나면 흐려지기 마련이며, 아무리 사랑하는 사람이라 할지라도 언젠가는 떠나보내야 한다. 그리고 아무리 아름다운 꿈이라고 해도 언젠가는 깨어나야 한다.

만약 행복하지 않고 즐겁지 않다면 포기하라. 아쉬워서 포기가 안 된다면 그냥 그렇게 계속 고통 속에 살아라. 시간은 우리를 성장하게 하고, 그 안에서 깨달음을 준다. 스스로를 너무 힘들게 하지 마라.

마음이 지쳤다면 조용한 밤에 따뜻한 차 한 잔을 마시며 음악을 들어보자. 우아하고 아름다운 음악의 세계에 빠져 치유의 시간을 가져보자.

　마음이 지쳤다면 잔디밭에 누워 햇빛을 쬐어보자. 불어오는 바람에 어제의 아팠던 기억, 눈물, 외로움과 고독, 근심 걱정을 모두 날려보내자.

　마음이 지쳤다면 배낭을 메고 여행을 떠나보자. 속세의 번잡함을 벗어나 새로운 풍경과 세계로 들어가보자.

　마음이 지쳤다면 한바탕 크게 울어보자. 눈물로 원망과 괴로움을 모두 씻어버리자.

　내려놓을 것은 내려놓고 잊을 건 잊자. 눈물이 많으면 인생이 쓰다. 이제 그만 눈물을 닦고 나에게 미소를 지어주자. 비가 온 후에야 무지개가 뜨고 긴 겨울을 지나야만 아름다운 꽃들이 사방에 만개한다.

인생의 본질은 고통일까, 행복일까.

우리는 알 수 없다.

다만, 우리는 행운과 시련이 번갈아 찾아오는 삶을 살아내야 한다.

어두운 밤하늘에서 반짝이는 별을 찾아낼 것인가, 아니면

어둠이 내 영혼을 삼키도록 내버려둘 것인가는

우리가 마음먹기에 달려있다.

브라보
마이 라이프

당신은 혹시 깨끗하고 쾌적한 사무실에 앉아 일하면서도 '이 건 내가 원했던 삶이 아니야'를 마음속으로 반복하고 있는 가? 만원 지하철에서 사람들의 무표정한 얼굴을 바라보다가 갑자기 가슴속 깊숙이 품어온 꿈이 생각나 주저앉아 울고 싶 어진 적이 있는가? 어쩌다 한밤중에 잠에서 깨어 옆에서 쌔 근쌔근 자고 있는 아내의 얼굴을 바라보다가 학창 시절 짝사 랑하던 여학생을 떠올리며 '이번 생은 그냥 이렇게 살다 죽겠 구나' 하고 한숨을 내쉰 적이 있는가?

담백한 인생이 행복하다

어쩌면 단 한 번도 자신이 원하는 삶을 살아보겠다고 마음 먹은 적이 없을 수도 있고, 어쩌면 꿈을 위해 현실과 부딪쳐 싸우다가 만신창이가 되었을 수도 있으며, 어쩌면 자신의 길을 가는 것이 이토록 힘들다는 것을 뼛속까지 깨닫고 있을지도 모르겠다.

그대는 말할 것이다. 삶이 그대를 속였다고. 그리고 도통 이곳에서 벗어나는 방법을 찾을 수가 없다고. '그것'만 있으면 괜찮을 것 같다. 당신은 줄곧 '그것'을 찾아다닌다. '그것'으로 인해 느껴지는 즐거움만 있으면 인생도 견딜 만할 것 같다.

그런데 도대체 '그것'이 뭐지?

네온사인으로 가득한 거리를 사람들이 빠른 걸음으로 지나간다. 다들 너무 바쁜 나머지 어깨를 스치고 지나가는 사람에게 관심을 둘 여유가 없다. 그리고 생각한다. 모두들 저렇게 아무렇지 않게 각자의 삶을 바쁘게 살아가는데 나만 그렇지 못하다고. 저들은 무엇을 위해 저토록 열심히 살까? 어떤 이들은 가족을 위해서, 어떤 이들은 꿈을 위해서라고 말할 것이다. 하지만 대부분의 사람들은 먹고살려니 어쩔 수 없다고 대답할 것이다. 현대 사회에서 제 밥벌이를 하고 사회적 지위를 유지하려면 부단히 노력하고 움직여야 한다. 조금만 방심

하면 바로 도태된다. 이렇게 살면 피곤하지 않을까? 물론 피곤하다! 그러나 사람들은 견디고 또 견딘다. 왜? 그것 말고는 다른 방법이 없으니까.

꿈, 도대체 그 꿈이라는 게 뭘까? 성공하는 사람도 있고 실패하는 사람도 있다. 뭐, 성공한 사람들은 그다지 할 얘기가 없을 것이다. 만면에 만족스러운 미소를 띠고 즐겁게 살아가면 되니까. 그런데 실패자들은? 실패하면 어떻게 되는 거지?

누군가는 말한다. 꿈이 출구를 알려준다고. 물론 그 말도 일리가 있다. 하지만 그 반대라면 어떨까? 만약 당신이 이미 최선을 다했고 모든 힘을 소진했다면? 반복되는 실패에 몸과 마음이 만신창이가 되었다면? 당신은 아무렇지 않게 다시 바닥을 짚고 일어나 상처를 쓱 문지르고 계속 전진할 수 있을까? 그럴 수도 있겠지! 꿈은 사람의 능력을 최고치로 끌어올려주는 마법을 부리기도 하니까. 하지만 꿈은 당신을 바닥으로 추락시키고 폐인으로 만들어버리기도 한다. 물이 배를 띄우기도 하지만 배를 전복시키기도 하는 것처럼!

현실과 사회를 원망해도 소용없다. 누구를 탓하겠는가. 남보다 뛰어나지 못한 내 잘못인 것을. 그래서 모든 걸 놓아버리겠다는 생각도 했을 것이다. 하지만 그것조차 내 마음대로 잘 되지 않을 것이다. 아무리 노력해도 도저히 현실에 만족할

　　　　　　　　담백한 인생이 행복하다

수가 없다. 쥐꼬리만한 연봉을 받으면서 이렇게 살아가기에는 자존심이 허락하지 않는다.

이런 말이 있다. '즐거움은 얼마나 많이 가졌느냐에 있지 않고 얼마나 적게 비교하느냐에 있다.'

어찌 되었든 삶은 계속되어야 한다. 평범하기도 하고, 가시밭처럼 험난하기도 하며, 앞이 막막할 때도 있겠지만 어쨌든 계속 앞으로 나아가야 한다. 당신에게는 상처에서 흐르는 피를 닦을 틈조차 주어지지 않을 것이다. 시간은 당신을 기다리지 않고 계속 흘러갈 테니까.

당신은 지금의 상황이 나아지기를 바라고, 그래서 누구보다 노력했을 것이다. 봄, 여름, 가을, 겨울…. 당신은 수많은 낮과 밤을 지나왔다. 사실 이 험난한 세상을 살아내는 것 자체가 가장 힘든 일이다. 그리고 당신은 그 일을 이렇게 잘 해낸 것이다.

사랑한다는 말도
못해보고

우리는 자신도 모르는 사이에 많은 기회를 놓치며 살아간다. 기회 자체가 없는 경우도 있고, 하고 싶은 일을 차일피일 미루다 이제 하려고 마음먹으니 그 기회가 사라져버리기도 한다. 항상 가슴속에 담고 있던 말인데 막상 기회가 오면 입이 떨어지지 않을 때도 있으며, 또 어떤 이는 사랑의 기회가 여러 번 찾아왔음에도 불구하고 그것을 알아보지 못해 결국 영영 기회를 잃어버리기도 한다.

우리는 그때 왜 좀더 용감하지 못했을까.

담백한 인생이 행복하다

십 년 전, 진은 그다지 명성이 높지 않은 한 지방의 대학교에 입학했지만 학교생활에 나름 만족하며 지냈다. 다양한 동아리에 참석해 활발하게 캠퍼스를 누비고 다녔다. 그런데 얼마 지나지 않아 마음 한편에 알 수 없는 허무함이 찾아왔다. 빡빡했던 수험 생활에서 막상 해방되고 보니 무엇을 목표로 달려야 할지 막막했던 것이다.

그러던 어느 날, 진의 눈에 전이 들어오기 시작했다. 전은 잘 웃는 편은 아니었지만, 진은 어느 순간부터 그녀가 좋아졌다. 진은 우수한 청년이었고 항상 자신감이 넘쳤다. 학교에 입학하자마자 학생회에 가입했고, 서예 실력과 문장력이 좋아 단번에 홍보부로 발탁되었다. 큰 키와 단련된 몸은 육상대회 선수로 달리기에도 안성맞춤이었다. 그야말로 지덕체를 겸비한 청년이 아닐 수 없었다. 진은 전을 본 후 정처 없이 떠돌던 마음이 드디어 정착할 곳을 찾았다고 생각했다. 당시 전도 진과 함께 학교 육상 대표 선수였기 때문에 둘은 자연스럽게 친해질 수 있었다. 전도 분명 진에게 호감이 있었다. 딱히 말로는 설명할 수 없지만 진은 느낌으로 그것을 알았다.

명목상으로 둘은 친구였지만 사랑의 감정이 모락모락 피어올랐다. 진은 하루라도 전을 보지 못하면 초조하고 불안해 견딜 수가 없었다. 룸메이트들은 그런 진을 놀리는 데 재미를 붙였다. 하루는 기숙사 스피커에서 "진 학생! 지금 아래층에 어떤 여학생이 기다려"라는 경비아저씨의 목소리가 울려퍼졌다. 진은 당황해서 정신없이 아래층으로 뛰어내려갔지만 정문 앞을 아무리 살펴도 전의 그림자조차 보이지 않았다. 진이 경비 아저씨에게 여학생이 어디에 있느냐고 묻자 경비 아저씨는 손가락으로 기숙사 앞마당 구석의 나무를 가리켰다. 손가락이 가리키는 곳에는 룸메이트들이 배를 움켜잡고 눈물까지 흘리며 낄낄거리고 있었다. 진은 짧게 욕을 내뱉는 동시에 총알처럼 돌진해 웃고 있는 친구들을 흠씬 패주었다.

진과 전의 사랑이 한 권의 책이라면 전은 책 속의 주인공이고 진은 독자였다. 진은 그렇게 전이라는 책을 평생에 걸쳐 한 페이지씩 읽어나가고 싶었다.

하지만 집안이나 출신 배경이 전혀 고려되지 않는 순수한 사랑은 오직 학창 시절에만 가능한 법. 그들에게도 현실을 마주할 시간이 다가왔다.

어느 주말, 전은 진을 자신의 집으로 초대했다. 진은 여자 친구의 부모님을 뵙는 것이 무엇을 의미하는지 잘 알고 있었기에 잔뜩 긴장하고 있었다. 그런데 전의 집에 들어서는 순간, 진은 눈이 휘둥그레지고 입이 딱 벌어졌다. 거대한 외관과 고급스럽고 화려한 실내 장식이 평소 수수한 차림새를 고

058   담백한 인생이 행복하다

수했던 전의 이미지와 도저히 어울리지 않았다. 진은 단 한 번도 전이 이런 부잣집의 딸내미일 것이라고는 생각해본 적이 없었다. 그녀가 자신처럼 평범한 가정에서 자랐을 거라는 사실에 한 번도 의문을 품어본 적이 없었다. 전의 부모는 딸이 데리고 온 친구를 다정하고 친절하게 대했지만, 진은 이유 없이 자꾸만 위축되었다. 단순했던 사랑에 '물질적 비교'라는 요소가 끼어들자 진은 급격히 자신감을 잃었다.

진은 그런 아이였다. '아직 시작도 안 했는데…. 아니, 오히려 그래서 다행이다!'라고 진은 생각했다. 그날 이후 진은 전을 피하기 시작했다. 그는 자신의 이런 행동이 그녀에게 얼마나 큰 상처가 될지 알지 못했다. 그는 오직 이 희망 없는 관계에서 어떻게 빠져나올지만 골똘히 생각했다. 진은 아들 학비를 마련하기 위해 밭에서 비지땀을 흘리는 부모님을 떠올렸다. 그리고 자신이 앞으로 그녀에게 충분한 물질적 풍요를 줄 수 없으리라는 점만으로도 이 관계를 그만두어야 할 이유가 충분해보였다.

전은 진의 갑작스러운 태도 변화 때문에 자존심에 깊은 상처를 받았다. 그녀는 구걸하듯 진에게 그 이유를 묻고 싶지 않았다. 그렇게 시간이 지나자 전의 호감과 열정도 하루하루 식어갔다. 그리고 얼마 지나지 않아 전의 옆에는 그녀를 위로

해주는 남자가 생겼고, 둘은 자연스럽게 연인으로 발전했다. 진은 전이 새 남자친구와 함께 있는 모습을 보고 가슴이 찢어지는 것 같은 고통을 느꼈지만 이미 모든 것이 늦은 후였다.

갑자기 주성치가 주연한 영화 〈서유기〉에 나오는 대사가 떠오른다.

"일찍이 진실한 사랑이 바로 눈앞에 있었는데도 난 그것을 소중히 여기지 않았지. 그리고 잃어버린 후에야 땅을 치고 후회했어. 세상에 이보다 더한 고통이 있을까. 만약 하늘이 다시 한 번 나에게 기회를 주신다면 난 그녀에게 꼭 이 말을 해줄 거야. 사랑한다고. 만약 그 사랑에 꼭 기한을 정해야 한다면 일만 년으로 할 거야."

만약 누군가를 진심으로 사랑하고 있다면 비겁하게 숨거나 도망가지 마라. 주성치의 대사를 그대가 말하는 날이 오지 않기를.

담백한 인생이 행복하다

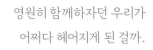

영원히 함께하자던 우리가
어쩌다 헤어지게 된 걸까.

아무리 생각해도 답이 떠오르지 않는다.

그러다 불현듯 깨달은 사실 하나.
사랑은 원래 깨지기 쉽다는 것.
모진 풍파는 이겨내면서
오히려 평범한 일상에는 무너진다는 것.

거친 풍랑을 헤치며 항해를 마쳐놓고
맑은 하늘 아래서
이별을 말한다는 것.

일생에
단 하나인 사람

영화 〈천녀유혼〉에서 섭소천은 영채신에게 이렇게 말한다.

"내가 보고 싶거든 고개를 들어 저 하늘을 보세요. 하늘이 여전히 푸르다면 더 이상 울지 마세요. 내가 떠난다고 해도 당신의 세계가 모두 사라지는 것은 아니니까요."

정말 이런 사랑이 존재할까? 나를 위해 '슬픔이 존재하지 않는 성'을 쌓아 가장 평온한 세계를 주고자 하는 사람. 아무리 작은 약속도 허투루 생각하지 않는 사람. 이런 사람과 함께한다는 것은 세상 최고의 행복일 터이다.

담백한 인생이 행복하다

만약 이런 사람을 만났다면, 둘만의 성안에 정성을 다해 소박한 한 폭의 그림을 그려넣어라. 평생을 다해 이룰 수 있는 사랑의 최고 경지를 완성하라.

스물에서 서른 살, 낭만

한겨울 밤, 남자와 여자는 자전거를 타고 호숫가로 가 함께 색소폰 연주를 듣는다. 자전거 뒷자리에 앉아 있던 여자는 자신의 장갑을 벗어 남자에게 끼워주고 두 손으로 남자의 귀를 감싼다.

여름날 저녁이면 남자와 여자는 길가 난간에 걸터앉아 함께 수박을 먹는다. 여자 반쪽, 남자 반쪽. 여자가 남자의 수박을 뺏으려다 그만 수박물이 두 사람 몸에 튄다. 남자는 여자에게 멍청이라고 놀리며 여자의 옷을 닦아준다.

봄이 오면 둘은 공원으로 나가 사진을 찍는다. 오늘따라 공원에 사진을 찍어달라고 부탁할 만한 사람이 보이지 않는다. 남자와 여자는 풀밭에 누워 셀카를 찍기로 한다. 둘은 배를 땅에 대고 카메라를 향해 바보처럼 웃는다. 역시 둘이 함께 찍을 때는 세로보다 가로로 찍는 것이 훨씬 더 잘 나오는

구나.

가을날 둘은 함께 아침 운동을 나간다. 여자가 뛰기 싫다며 떼를 쓴다. 남자는 어쩔 수 없다는 듯 다가와 등을 보이며 쪼그리고 앉는다. 여자는 크게 하하 웃으며 남자의 등에 업힌다. 남자는 잠깐 업는 시늉을 하더니 금세 여자를 땅에 떨어뜨린다.

여자는 설레는 마음으로 그날을 기다린다. 드디어 남자가 초콜릿 상자를 여자에게 내밀고, 여자는 'marry me'로 배열된 초콜릿을 확인한다. 여자는 울면서 지금까지 자신을 키워준 어머니와 포옹한 후 가장 아끼는 반지를 끼고 남자의 품에 안긴다.

두 사람이 흥분된 마음으로 기다리던 바로 그날. 남자는 새로운 생명이 탄생하는 순간을 그녀와 함께한다. 그리고 땀으로 범벅이 된 그녀의 이마에 뜨거운 입맞춤을 한다.

"수고했어. 여보!"

서른에서 마흔 살, 일상

매일 출퇴근 전에 남자는 아내와 아이에게 뽀뽀한다. 아내

담백한 인생이 행복하다

가 끓여준 찌개를 먹고 저녁이 되면 부부가 함께 아이가 잠들 때까지 이야기를 들려준다.

여자는 그와 함께 축구 경기를 본다. 처음에는 마지못해서 봤지만 이제는 그녀도 열성 팬이 되었다. 남자는 여자와 함께 드라마를 본다. 시큰둥하던 그도 이제는 자신이 좋아하는 드라마를 챙겨보게 되었다. 둘은 밤에 꼭 껴안고 잠을 잔다. 어쩌다 여자가 몸을 뒤척이면 남자는 이불을 당겨와 여자에게 덮어준다. 잠이 깬 김에 아이도 한 번 살펴본다. 아침에는 둘다 출근을 하느라 정신이 없다. 하지만 아내는 차를 타기 전남편의 우유를 챙기는 것을 잊지 않는다.

비가 오면 남자는 여자를 마중하러 나간다. 그의 한 손에는 우산이, 다른 한 손에는 따뜻한 외투가 들려 있다. 남자가 직장에서 일이 잘 풀리지 않아 괴로워할 때면 여자는 되도록 남자를 귀찮게 하지 않으려 노력한다. 커피 한 잔을 타 남편 옆에 놓아두고 조용히 밖으로 나온다.

휴일이면 양가 부모님을 방문한다. 남자의 어머니 앞에서 여자는 한없이 순한 양이 되고, 여자의 어머니 앞에서 남자는 세상에서 가장 힘이 센 장사가 된다. 사위를 본 후 여자의 아버지는 더 이상 집안의 힘쓸 일을 하지 않아도 되었다.

부부가 가끔 싸우는 단 하나의 이유는 아이 때문이다. 남자는 아이를 달래고 여자는 남자를 달랜다. 여자가 아이를 때리면 남자는 여자에게 자신을 때리라고 한다.

마흔에서 쉰 살, 담담해지기

아이가 하루가 다르게 무럭무럭 자라는 동안 부부는 하루하루 늙어간다. 더 이상 예전만큼 혈기가 왕성하지도, 자신감이 충만하지도 않다. 대신 그들은 평온해지는 법을 배운다. 주말 새벽에 함께 장을 보다 신선한 채소를 사게 되면 그날 온종일 행복하다. 휴일에 여행을 갈 때도 사람들로 북적이는 유명 관광지보다 아기자기한 볼거리가 있는 작은 도시를 찾는다. 차멀미가 심한 아내를 위해 남자는 주머니에 멀미약을 챙기는 것이 습관이 되었다.

여자는 "담배 좀 피우지 마라", "술 좀 조금 마셔라"라며 잔소리가 많아진다. 남자는 이제 아내의 화장품을 어떻게 골라야 하는지 알 것 같다. 그리고 "아직 안 늙었어. 예뻐, 예뻐"를 입에 달고 살게 되었다. 여자는 언제부턴가 십자수를 놓으면서 남자에게 실을 꿰어달라고 부탁한다. 예전에 일어났던 사소한 사건들이 서로의 흰머리를 뽑아주는 부부에 의해 끝

담백한 인생이 행복하다

려나온다. 남자는 여자가 결혼 전 다른 남자에게 연애편지를 썼던 일을 추궁한다. 여자는 남자가 아직도 첫사랑과 연락을 하는지 끈질기게 묻는다.

아이는 이미 대학생이 되었다. 부부는 아들에게 여자친구가 있는지 궁금해 자주 아들의 전화를 엿듣는다.

쉰에서 예순 살, 함께 늙어가기

허리가 약간 굽고 곧 퇴직이 다가온다. 부부에게는 각자 매일 챙겨먹는 건강보조식품이 생겼다. 남자는 아내와 텔레비전 채널을 놓고 싸우는 일이 잦아졌다. 아들은 가정을 꾸렸고 그들에겐 며느리가 생겼다. 이제 주말에 아들 얼굴을 보는 것이 가장 큰 낙이 되었다. 남자는 자신이 키우는 꽃과 물고기에만 관심이 있을 뿐 더 이상 그녀를 자주 봐주지 않는다. 여자도 남자를 보는 대신 사진첩을 들추는 일이 더 많아졌다. 이때는 저이도 참 잘생겼었는데….

여자가 아프다. 남자는 그녀를 데리고 병원을 찾는다. 의사의 입에서 아무 문제가 없다는 소견이 나오는 순간, 두 사람은 깊은 안도의 숨을 내쉰다. 부부는 가끔 젊은이들이 자주 찾는다는 레스토랑에 간다. 가격이 부담스럽기는 하지만 이따금 오붓한 시간을 가지는 것도 좋지 않겠는가. 여자는 남자에게 얼마나 오랫동안 사랑한다는 말을 하지 않았는지 아느냐고 투정을 부린다. 남자는 웃으며 여자가 갱년기라고 말한다. 그렇구나. 그제야 여자는 자신이 갱년기임을 깨닫는다.

예순에서 일흔 살, 깜박깜박한 기억력

건망증이 심해진다. 전화번호도 깜박깜박한다. 남자는 매일 손자를 데리러 학교에 간다. 여자는 식사를 준비하고 남편과 손자를 기다린다. 텔레비전을 보며 남자는 아내의 다리를 주물러주다 꾸벅꾸벅 잠이 든다. 부부는 매일 아침 공원에 나가 체조를 한다. 사람들은 두 사람을 보고 닮았다고 말한다. 부부 모두 틀니를 하고 있다. 틀니를 빼면 그 모습이 우스워 서로를 놀린다. 남자는 이제 귀가 좀 어둡다. 여자가 식사를 차리면서 남자에게 밥을 공기에 담아달라고 한다. 남자는 밥을 먹으며 계란을 여자의 그릇에 얹는다.

여자가 몸이 예전 같지 않다며 시무룩하면 남자는 백이십 살까지는 거뜬히 살 수 있다며 아직 중년이라고 말해준다. 여

담백한 인생이 행복하다

자는 남자가 시간이 날 때마다 복권을 산다는 것을 알아차린다. "다 늙어서 무슨 부귀영화를 보겠다고 저런담?" 여자가 묻자 남자는 대답한다.

"당신한테 조금이라도 더 남겨주려고 그러지. 만약 내가 먼저 죽으면…."

여자는 재빨리 다가가 남자의 입을 막는다. 그런 말은 하지도 말아요. 끝까지 내 옆을 지켜야죠. 죽어도 같은 날 죽어야 해요. 만약 누군가 먼저 죽으면 남은 사람은 바로 따라가는 거로 합시다. 그러지 않으면 비겁한 겁쟁이인 것으로.

일흔, 여든, 아흔 살, 인생의 정리

여전히 매일 서로의 곁을 지킨다. 자손들의 살뜰한 보살핌도 받는다. 여자는 할 수만 있다면 마지막으로 다시 한 번 웨딩 촬영을 하고 싶다. 훗날 남편과 합장된 묘지의 묘비에 걸어두면 그보다 멋있을 수는 없을 것 같다. 남자는 오늘도 주름이 자글자글한 아내의 손을 꼭 잡고 있다. 지난 수십 년을 그래왔던 것처럼.

세상을 즐겁게 바꾸는
4가지 자세

인간에게는 몇 가지 아름다운 삶의 자세가 있다. 그 자세들 덕분에 우리는 감동하고, 감화되며, 사람 사는 맛이 느껴진다고 여긴다.

특히 아래에 언급할 네 가지 자세는 새에게 하늘이 필요하고, 물고기에게 강물이 필요한 것처럼 이 세상을 살아가는 데 없어서는 안 될 매우 필수적인 것들이다.

담백한 인생이 행복하다

첫째, 자제력과 절제의 미덕

자제력과 절제는 의지의 산물이자, 부단한 수행이 필요한 능력 중 하나다. 성공을 거둔 사람들은 모두 절제미를 가지고 있다. 자제력이 강한 사람들은 일상생활을 원만하게 꾸려나갈 뿐 아니라 운명을 자신이 바라는 방향으로 이끌어간다.

그들은 자제력이 있기에 목표한 것을 강한 의지로 끝까지 밀어붙이고, 각종 유혹을 뿌리친다. 절제를 알기에 일을 신중하게 처리하고 돈과 명예 앞에서 태연하며, 예상치 못한 시련에 침착하게 대처한다. 그래서 그들은 항상 우아한 모습으로 여유롭게 자신의 길을 걸어간다.

자제력과 절제는 부단한 노력으로 도달하는 정신적 경지이며 인생 철학이다. 우리는 살면서 수많은 갈등과 오해, 분쟁과 다툼을 겪는다. 가족, 동료, 친구, 이웃, 혹은 낯선 누군가와 자신도 모르게 갈등을 겪곤 한다. 이런 상황은 살아가는 동안 끊임없이 발생할 수밖에 없다.

그런데 사람들은 이런 상황에서 종종 홧김에 어떤 행동을 하고, 그런 행동은 오히려 상황을 악화시킨다. 오늘날 아주 사소한 일로 이혼에 이르는 부부들을 심심치 않게 볼 수 있는 까닭도 다 이 때문이다. 자제력의 결핍은 우리 삶에 상처와 아쉬움을 남긴다. 그렇기 때문에 우리는 자제력을 키우고 절제하며, 너그러운 마음을 가지도록 노력해야 한다. 누군가와 갈등이 생겼을 때, 경솔하게 행동하기보다 냉정함을 유지하고 차분하게 대처해야 한다.

시비가 분명하지 않은, 다시 말해 보는 관점과 입장에 따라 다양한 해석이 나올 수 있는 문제들에 대해서는 일일이 따지기보다 초연한 자세로 미소를 짓자. 여기서 자제, 절제란 무조건 상황과 타인의 의견에 순응하는 것이 아니라 일을 처리하면서 냉정과 평정심을 유지하라는 뜻이다. 누가 봐도 상대방의 잘못인 경우도 분명 존재하기 때문이다. 하지만 그럴 때에도 그의 잘못 때문에 스스로를 고통스럽게 하고 상처주는 행동은 하지 말아야 한다. 상대의 덫에 걸려드는 일을 방지하기 위함이다.

정말이지 본때를 보여주지 않고는 도저히 못 견디겠다면 거리에서 울고불며 험한 꼴을 보일 것이 아니라 차라리 냉정한 정신으로 시원한 한 방을 준비하자.

절제는 삶의 지혜이자 성숙한 인격이 자아를 완성하는 과정이며, 삶의 원칙을 지키는 방어선이다. 인간의 욕망은 만족을 모른다. 채우려고 하면 할수록 더 큰 갈증을 유발한다. 그래서 자제력이 필요하다. 무릇 군자는 재물을 얻음에 있어 옳

담백한 인생이 행복하다

은 길의 것은 취하고 옳지 않은 길의 것은 미련 없이 포기한다고 했다. 내 것이 아닌 것은 상한 음식처럼 먹은 후 꼭 탈이 나게 되어 있다. 선을 지키지 않는 자는 반드시 인생의 쓴맛을 톡톡히 보게 된다.

눈앞에 이익에 잠시 이성을 잃거나, 한때의 치기를 부리다가는 평생의 후회로 남을 수 있다. 선을 넘지 않도록 자제하며, 항상 평정심을 유지하도록 노력하자. 그러면 당신은 원만한 인간관계를 유지할뿐더러 인생 자체가 다채롭고 즐거운 일들로 가득 찰 것이다.

절제를 아는 남자는 신사적이고 관능적이며, 절제를 아는 여성은 매력적이고 우아하다. 자제력과 절제는 인생을 사는 미덕이며 많은 문제를 해결할 수 있는 열쇠이기도 하다. 자제함으로써 평생이 이로울 것이며 자아는 더욱 강해질 것이다.

둘째, 관용

돌이켜보면 꼭 그렇게 필사적으로 싸울 필요가 있었을까 싶은 일들이 있다. 이기건 지건, 사실 내 인생에 그다지 큰 영향을 미치지 않았다는 생각이 든다. 만약 다시 그런 일을 겪는다면 한걸음 물러나 넓은 아량으로 대하겠다고 다짐한다.

친구나 동료 사이의 갈등 중 대부분은 아주 사소한 것에서 시작된다. 체면 때문에, 혹은 상대방이 나를 우습게 볼까 싶어 한 치의 양보도 허용하지 않다보면 어느새 작은 싸움은 큰 싸움이 되고, 결국에는 양쪽 모두 상처만 입게 된다. 만약 처음부터 서로 조금씩 양보했더라면 충분히 피할 수도 있었을 텐데 말이다. 한때만 참으면 비바람은 잔잔해지고, 한걸음만 물러나도 하늘이 더 넓게 보이리라.

옛날 한 관료가 있었다. 하루는 가족에게서 편지가 왔는데 내용인즉 이러했다. '이웃집과의 담을 허물고 새로 담을 세우려 하니 두 집안이 서로 더 많은 땅을 차지하려고 한 치의 양보도 없다. 그러니 직접 고향으로 내려와 이 일을 해결해 달라.' 얼마 후 가족들은 관료에게 답신을 받았는데, 그 안에는 짧은 시가 적혀 있었다. '천 리 길 서신은 담장 하나 때문인데, 삼 척을 양보한들 무슨 방해가 되리오. 만리장성은 아직도 남았으나, 그때의 진시황은 보이지 않는 것을.' 이 편지를 본 가족들은 깨달음을 얻고 삼 척을 물리기로 했다. 그러자 이웃도 이에 질세라 삼 척 물러나 두 집 사이에는 육 척의 작은 골목이 생겼다. 훗날 이 골목은 마을 사람들이 편하게 이동하는 통로가 되었다. 이것이 바로 '육척항六尺巷'의 유래다.

담백한 인생이 행복하다

이렇듯 작은 이익에 대한 다툼은 사실 우리 인생에 큰 영향을 미치지 못한다. 그러니 조금 더 넓은 마음으로 세상을 바라볼 필요가 있다.

대부분 욱하는 마음으로 일을 결정하거나 남과 다투면 결국 손해를 보는 쪽은 자신일 때가 많다. 설령 싸움에서 우위를 점한들 마지막에 얻어지는 것이 과연 무엇이란 말인가? 시간과 에너지만 낭비하게 될 뿐이다. 한 걸음만 양보하면 영혼은 평온을 얻고, 사람들은 그런 당신을 존경할 것이다.

넓은 마음으로 세상을 바라보자. 자유와 평화가 당신의 세계에 깃들 것이다.

셋째, 감동할 줄 아는 마음

하루는 러시아의 화가 이삭 레비탄이 사색을 위해 혼자 언덕에 올랐다. 길을 따라 오르다 절벽 위에 서게 되었는데 때마침 아침 태양이 산봉우리 사이로 떠오르고 있었다. 그 모습이 얼마나 경이롭고 아름다운지 이삭은 그만 자신도 모르게 눈물을 흘렸다.

과거 예술사에서 이와 비슷한 예는 어렵지 않게 찾아볼 수 있다. 독일의 시인 괴테는 베토벤의 교향곡을 듣고, 러시아의 문호 톨스토이는 차이콥스키의 〈현악 4중주곡 제1번 D장조〉의 '제2악장 안단테 칸타빌레'를 듣고 눈물을 흘렸다고 전해진다.

이삭 레비탄는 아름다운 자연을 보고, 괴테와 톨스토이는 아름다운 음악을 듣고 자신도 모르게 눈물을 흘렸다. 오늘날 우리는 과연 그들처럼 감동해서 눈물을 흘리는 감성을 지니고 있는가?

우리의 감성이 너무 메마른 게 아닐까. 아름다운 것을 보고도, 감동적인 일 앞에서도 별다른 감흥을 느끼지 못하거나 그냥 무심히 지나치지는 않았던가? 내가 잃어버린 것이 아까워서, 실패한 것이 분해서 흘리는 눈물 말고, 타인을 위해 과연 몇 번이나 눈물을 흘렸던가?

평범한 아침 풍경일 뿐인데, 그저 우연히 들려온 음악 선율일 뿐인데 그들은 왜 눈물을 흘렸단 말인가? 그것은 그들에게 선한 마음과 민감한 영혼이 있었기 때문이다. 감동의 본질은 선량함이다. 선량함을 잃어버린 자의 마음에는 감동이 찾아올 수 없다.

선량함이 뿌리라면 감동은 그곳에서 자라난 나뭇가지다. 감동해서 흘리는 눈물은 삶이라는 대지를 촉촉이 적시고, 그

땅에는 더 많은 꽃이 피어난다.

넷째, 감사하는 마음

 살다보면 나는 분명 잘한 것 같은데 남들에게 인정받지 못할 때가 있다. 때로는 그런 일들이 한이 되어 가슴속 응어리로 남는다. 하지만 돌이켜보면 그때의 시간들이 나를 단련시켰다는 생각이 든다. 그래서 나는 그때 그 사람들에게 감사한다. 그들이 있었기에 내가 더 성숙해졌다. 감사하는 마음을 알면 삶이 새롭게 보인다.

 인생에는 내 마음대로 되지 않는 일들이 대부분이다. 실패도 하고, 오해도 받고, 때로 비난도 받는다. 그때의 억울하고 분한 마음을 풀지 않고 계속 가슴에 담아두면 심리적 장애로 발전하기도 한다. 인간은 시련을 겪은 후에야 비로소 성숙하고 지혜로워진다. 성숙한 사람들은 과거의 일에 집착하지 않는다. 그들은 안다. 지금의 고통은 길고 긴 인생에서 만난 잠깐의 파도에 지나지 않는다는 것을.

 감사하는 마음은 새로운 하루로 통하는 문이다. 감사하는 마음이 있는 사람에게는 후회나 미련이 없다. 하루하루가 새로운 날들이다.

나를 비난한 자에게 감사하라. 그가 있었기에 사고하는 방법을 배웠다. 내 발을 걸어 넘어지게 만든 자에게 감사하라. 그가 있었기에 나의 의지력이 강해졌다. 나를 포기했던 자에게 감사하라. 그로 인해 독립성을 키웠다. 나를 속였던 자에게 감사하라. 그가 있었기에 지혜를 가질 수 있었다. 나에게 상처를 주었던 자에게 감사하라. 그가 내 마음을 단련시켰다.

내가 어려울 때 도움을 준 이에게 감사하라. 그가 내 신념을 더 굳건하게 만들었다. 충심을 가지고 직언한 이에게 감사하라. 그가 내 항로를 바로잡아 주었다. 나의 잘못을 비판한 이에게 감사하라. 그로 인해 나 자신을 돌아보고 반성할 수 있었다.

어떤 사람들은 반복되는 일상이 지겹다고 말한다. 무의미한 인생에서 아무 의미도 찾을 수 없다며 괴로워한다. 네온사인이 번쩍이는 거리를 헤매고 술에 취해 비틀거리며 외로움을 달래보지만 무뎌진 감수성은 점점 더 메말라간다.

어릴 적, 피어나는 꽃잎 하나에도 감탄이 터져나왔다. 한여름 쏟아지는 빗줄기의 청량함을 가슴 깊이 들이마셨고, 가을날 떨어지는 낙엽을 보며 한동안 알 수 없는 우수에 젖기도 했다. 엄동설한 하얀 눈 속에 핀 매화는 또 어찌나 신비롭단

담백한 인생이 행복하다

말인가. 발이 어는 줄도 모르고 한참을 그렇게 그곳에 서서 매화꽃을 바라보았다.

하지만 지금은 바쁜 일상에 치여 더 이상 매화를 감상할 여유가 없다. 몸도 마음도 지치고, 피곤하다. 내 안에는 이제 달빛이 들어올 자리가 없다. 낙엽 하나 담아둘 여백이 없다.

사실 행복은 마음에서부터 시작된다. 평온하고 담담한 마음으로 삶을 바라보자. 감사하고 이해하며 작은 것에도 감동하고 욕망을 적절히 절제하다보면 진정한 행복이 어느새 내 옆에 다가와 있을 것이다.

이따금 발걸음을 멈추고
심장의 소리에 귀를 기울여보자.
그 순간 알게 되리라.
지금까지 목숨을 걸고 얻으려 했던 것들이
사실은 가볍게 털어낼
먼지에 지나지 않았다는 것을.

3

사랑이
담담해질 때

만약
너를 만나지 못했더라면

잊히지 않는 기억, 자꾸만 생각나고 내 모든 걸 줘도 아깝지 않은 사람, 지루했던 내 삶에 활력을 불어넣어 주는 것. 그것이 사랑이다. 평생을 함께하는 사랑도 있고, 처음부터 불행한 결말이 예고된 사랑도 있다. 사랑한다고 해서 모두가 반드시 함께할 수 있는 것은 아니다. 그러니 만약 지금 사랑하는 누군가와 함께하고 있다면 반드시 그를 소중히 여기고 아껴주어야 한다.

사람들은 누구나 사랑하는 사람과 결혼하기를 원한다. 내

담백한 인생이 행복하다

가 가장 사랑하는 사람, 나를 가장 사랑해주는 그 사람과 부부가 되어 평생 함께하기를 바란다. 그러나 때로 현실이 너무나 가혹해 내가 가장 사랑하는 사람이 나를 사랑하지 않기도 하고, 내가 좋아하지 않는 사람, 심지어 혐오하는 사람이 나를 사랑한다며 놓아주지 않기도 한다. 그래서 '사랑은 타이밍이다'라는 말이 있는 것 같다. 딱 그때, 그 장소에서 그 사람과 만나기란 생각처럼 쉬운 일이 아니다.

진정한 사랑은 마치 화음을 만들어내는 음표들처럼 인생의 긴 여정을 함께하며 서로를 부축하고, 돌봐주는 것이다. 진정한 사랑은 상대를 소유하는 것이 아니라 평생에 걸쳐 믿고 보호하며 아껴주는 것이다. 진정한 사랑은 한때의 맹세에 있는 것이 아니라 힘든 시간을 묵묵히 같이 걸어가는 발걸음에 있으며, 서로의 안부를 묻고 손을 잡아주는 평범한 일상 속에 있다.

성격이 그 사람의 운명을 좌우하듯, 마음가짐이 행복을 좌우한다. 마음가짐에 따라 즐거운 인생을 살 것이냐, 아니면 걱정과 우울로 가득한 인생을 살 것이냐가 결정된다. 행복은 부의 유무가 아닌 인생을 대하는 태도로 결정된다. 사랑도 마찬가지다. 어떤 마음가짐으로 보느냐에 따라 사랑을 대하는 태도가 달라진다. 마치 입맛에 따라 음식에 대한 평가가 달라지는 것과 같은 이치다. 사랑을 대하는 태도는 일반 사물을 대하는 태도와는 달라야 한다. 시간이 길어진다고 싫증을 느끼거나 무신경해져서는 안 된다. 때로는 냉정하게 스스로를 돌아봐야 한다. 사랑은 한때의 욕망이나 충동으로 아무렇게나 마음대로 바꿀 수 있는 게 아니다. 사랑은 그때그때 먹고 싶은 대로 아무 재료나 넣는 샤부샤부가 아니라 깔끔하고 단순한 몇 가지 재료로 오래 우려낸 진국 같아야 한다.

낭만적이고 운명적인 만남은 때로 상심했거나 시름에 빠져 있을 때, 정확한 판단력을 상실했을 때 찾아온다. 하지만 행복한 시간이 지나고 문득 뒤를 돌아보면 그곳에는 어지러운 발자국만 남아 있을 뿐 자신은 줄곧 제자리에서 맴돌고 있었음을 알게 된다. 절망에 빠졌을 때, 세상이 나를 버린 것 같다고 느낄 때, 급하게 누군가를 찾아 헤맬 것이 아니라 가만히 머릿속을 가다듬고 냉정하게 생각할 필요가 있다. 그러다 보면 나에게 아직 희망과 기회가 있다는 것을 깨달을 수 있다.

우리는 인생이라는 바다를 항해하는 선장이고, 인생이라는 길을 말을 타고 달리는 기수다. 때로는 풍랑을 만나기도 하고, 때로는 말이 발을 잘못 디뎌 떨어지기도 한다. 그러면 평온했던 일상은 무너지고 노선은 변경되며, 심지어 그 사고

담백한 인생이 행복하다

로 생명이 위태로워지기도 한다. 가장 힘든 것은 아무것도 할 수 없다는 무기력과 불확실한 미래다. 우리에게는 앞날을 선택할 권한이 없으며, 어느 방향으로 가야 할지 보이지 않는다.

어쩌면 당신이 특별한 무언가를 이루기 위해 최선을 다하고 있을 때, 확고했던 인생의 좌표 위로 미처 방어할 틈도 없이 폭격이 쏟아질지 모른다. 그로 인해 당신은 만신창이가 될지도 모른다. 하지만 한 가지 확실한 것은, 이 세상에 영원한 고통은 없다는 사실이다. 시간이 지나면서 상처는 자연히 아물 것이고, 굳은 의지와 노력이 있다면 생각보다 빨리 상황이 수습되어 다시 앞으로 나갈 힘을 얻을 것이다.

진심으로 사랑하자. 어쩌면 그와 평생을 함께할 수 없을지도 모르지만, 그의 얼굴, 맵시, 목소리도 잊히겠지만, 그와 나누었던 온기만큼은 언제까지고 당신의 마음속에 남을 것이다.

함께
늙어간다는 것

ᐁᐁᐁᐁᐁᐁᐁᐁᐁᐁᐁᐁᐁᐁ

행복이란 무엇일까? 행복은 얼마나 많이 가졌느냐에 있지 않고 얼마나 계산과 비교를 하지 않느냐에 있다. 많은 사람들이 자신은 행복하지 않다고 생각한다. 그 이유가 무엇일까? 행복의 참뜻을 깨닫지 못했기 때문이다. 사람들은 '내가 혹시 더 많이 준 것은 아닐까?', '저 사람과 함께 있으면 손해를 보는 것이 아닐까?', '다른 어딘가에 더 좋은 조건의 사람이 있지 않을까?'를 생각하며 끊임없이 계산하고 비교한다. 그래서 다른 사람들의 가정은 모두 행복해보이는데 내 가정만 불행한 것 같다.

담백한 인생이 행복하다

이에 반해 사랑이 무엇인지, 주는 기쁨이 무엇인지 아는 사람들이 있다. 그들은 세상에서 가장 아름다운 사랑의 결실을 거둔다. 누군가를 진심으로 사랑해본 사람은 그를 위해 기꺼이 모든 것을 내주고 싶은 기분이 무엇인지 알 것이다. 사랑하게 되면 상대방의 처지에서 생각하고, 이해하고 양보한다. 그가 슬프면 나도 슬프고, 그가 기쁘면 나도 함께 기쁘다.

하지만 아무리 견고한 사랑이라도 시간이 지나면 지치고 싫증나는 순간이 온다. 연애 때 느꼈던 설렘도, 결혼식장에 들어가던 순간의 두근거림과 신혼의 달콤함도 세월과 함께 무뎌진다. 그러다보면 결혼이 자신이 생각과 다르다는 것을 깨닫는다. 불평과 원망하는 마음이 생기고 권태가 찾아온다. 그리고 어느 순간부터 그것들이 겉으로 나타나고 자연히 싸우는 날이 많아진다. 그래서 어떤 이는 결혼을 사랑의 무덤이라고 하지 않았던가.

하지만 두 손을 꼭 잡고 걸어가는 노부부의 모습이 아름다워 보이는 것은 부인할 수 없다. 몇십 년을 함께 의지하며 걸어왔을 두 사람을 보고 있노라면 이것이 바로 행복이 아닐까 생각하게 된다.

창 할머니는 가끔 동네 젊은이들에게 할아버지와 연애할 때의 이야기를 들려주곤 한다. 그러면 젊은이들은 "어쩜 지금까지도 그렇게 금실이 좋으세요?"라며 너 나 할 것 없이 부러워한다. 하지만 창 할머니는 이렇게 말한다.

"좋긴 뭐가 좋아. 오래 살다보니 그냥저냥 익숙해진 거지. 지금은 옛날처럼 애틋하고 좋고 그런 건 없어. 그래도 서로가 옆에 있으면 든든하고 그래."

50년 전 창 할머니와 할아버지는 같은 학교 동아리에서 만났다. 할아버지는 할머니와 같은 동네에 살았다. 당시 할머니는 춤을 잘 췄는데, 학예회 즈음이면 공연 준비를 하느라 밤 늦게 집에 돌아가곤 했다. 그러면 할아버지는 늦게까지 기다렸다가 할머니를 집으로 데려다주었다. 동아리 사람들과 함께 있을 때는 곧잘 얘기도 하던 두 사람이었지만 어쩐 일인지 둘만 있게 되면 딱히 할 말이 떠오르지 않아 어색한 침묵이 흘렀다. 주위는 고요해 두 사람의 발소리 외에는 아무 소리도 들리지 않았다. 어색했지만, 달콤한 시간이었다.

눈이 오던 날, 두 사람의 발자국이 길 위에 찍혔다. 시간은 이제 막 저녁 8시를 지나고 있었다. 할머니는 오늘 무슨 일이 일어날 것임을 예감했다. 설렘과 두려움으로 심장이 두근거렸다. 그렇게 강변을 지나고 있을 때, 그는 더는 못 참겠다는 듯 갑자기 그녀를 끌어당겨 품에 꼭 안았다. 할머니는 그런 그를 거칠게 밀어내고 바닥에 쌓인 눈을 집어 그에게 뿌렸다.

담백한 인생이 행복하다

놀란 것인지, 화가 난 것인지 본인도 알 수 없었다. 그녀는 어찌할 바를 몰라 얼음처럼 굳어 있는 그에게 계속 눈을 던져댔다. 그러다 갑자기 동작을 멈추고 잠시 그를 바라보았다. 그리고 곧 그에게 돌진해 품에 안겼다. 꿈쩍 않고 서서 그녀를 바라보는 그의 눈빛이 열정으로 뜨겁게 타올랐기 때문이다. 두 사람의 사랑은 그렇게 시작되었다.

그 후 결혼은 아주 순조롭게 진행되었다. 신혼부부가 된 두 사람은 찰리 채플린의 〈모던 타임즈〉라는 영화를 보고 이제 막 극장을 나서고 있었다. 그날도 하늘에서는 눈이 내렸다. 신혼의 달콤함에 흠뻑 젖은 두 사람은 하얗게 흩날리는 눈을 보고 잔뜩 들떠서는 웃고 떠들다 급기야 거리를 뛰기 시작했다. 그런데 그녀가 그만 눈길에 미끄러지고 말았다. 그가 얼른 달려와 그녀에게 손을 내밀었지만 그녀는 그의 손을 탁 치면서 짐짓 새침하게 말했다.

"누가 일으켜 달래?"

하지만 눈은 아직도 웃음기를 가득 머금은 채였다.

눈 내리는 날, 두 사람은 그렇게 평생 잊지 못할 추억들을 남겼다. 오랜 시간이 지났지만 그녀는 아직도 그날의 일들을 생생히 떠올렸다. 가끔은 남편이 눈치 없고 목석처럼 느껴지기도 하지만, 소소한 일상의 즐거움들이 그녀의 가슴에 잔잔

한 행복의 물결을 만들어주었다.

그리고 이제 그녀는 할머니가 되었다. 살면서 싸울 때도 많았고, 확 헤어져버릴까 하는 충동도 들었으며, 우울하고 갑갑할 때도 있었다. 그럴 때면 과연 그와의 결혼이 잘한 선택이었는지 의심이 들곤 했다. 그럼에도 불구하고 두 사람은 끝까지 헤어지지 않았다.

오늘도 할머니와 할아버지는 평범하고 소소한 일상을 살아가고 있다. 그렇게 두 사람은 계속 함께일 것이다.

결혼은 마치 설탕물 같다.
설탕은 조금 들어가고 대부분은 물인 것처럼
결혼도 무색무취의 평범한 일상이 대부분을 차지한다.

하지만 진정한 행복은
아무렇지 않아 보이는 그 평범함 속에 있다.

물처럼 흐르게
내버려두기

여명이 달빛에 다가올 즈음, 별 무리는 아쉬운 작별을 한다. 그러나 아침은 찬란하게 빛나리니. 뿌연 안개 너머로 나타났다 사라지기를 반복하는 먼 곳의 산을 보며 짙은 그리움이 가슴을 채울 때, 눈앞에 따뜻했던 그의 미소가 떠오르리라.

오솔길을 따라 걷는 인생의 긴 여정 위에 봄, 여름, 가을, 겨울 사계절의 향기가 응축되어 진한 기다림과 그리움을 낳는다. 돌이켜보면 우리는 수많은 불면의 밤을 서로를 그리워하며 지내왔다. 저 지평선 끝자락을 응시하면 홀연 눈앞에 당

담백한 인생이 행복하다

신이 나타나곤 했다. 항상 마음속으로 그대를 위해 기도했다. 당신은 이 망망대해와 같은 세상에서 내가 사랑했던 벗이었으니까. 그래서 나는 평생 당신의 행복을 마음속으로 빌어줄 것이다.

단 한 번도 사랑을 해보지 않은 사람은 없으리라. 누군가는 세상의 모든 것을, 심지어 생사까지 초월한 사랑을 경험하기도 한다. 때로 사랑은 날카로운 검이 되어 우리의 심장을 아프게 찌른다. 사랑을 가졌다고 해서 모든 것을 다 가진 것은 아니다. 사랑은 너무 복잡해 그 속을 모두 알 수 없다. 때로는 형용할 수 없는 기쁨을 가져오지만 때로는 숨을 쉴 수 없을 정도의 큰 슬픔이 되기도 한다. 그렇게 폐가 갈기갈기 찢겨나가는 고통 속에서 다시 우리에게 희망을 주는 것 또한 사랑이다. 그의 포옹과 말 한마디가 나를 다시 웃게 한다. 그렇게 사랑은 우리의 가슴에 각인되어 잊을 수 없는 존재로 남는다.

남녀 간 애정만 사랑이 아니다. 사랑에는 우정도 있고 가족애도 있다. 사랑 안에는 언제나 행복과 고통이 공존한다. 사랑하는 사람들은 언젠가 반드시 상처받게 되어 있다. 사랑에 빠진 사람들에게는 모두 순수한 시기가 있기 마련이다. 그들은 자신감으로 충만해 영원히 함께하자고 맹세한다. 하지만 그 맹세가 과연 얼마나 실현될까?

여자친구가 반드시 아내가 되는 것은 아니듯 사랑이 결혼으로 직결되지도 않는다. 사랑은 수많은 문제의 발생 소지를 안고 있다. 상대방의 바람과 배신으로 눈물까지 말라버렸을 때, 그제야 사람들은 모두 거짓이었음을 깨닫는다. 달콤한 사랑의 속삭임과 평생을 함께하자던 맹세가 어떻게 한순간에 사라져버릴 수 있을까? 아무리 생각해도 믿을 수 없다. 하지만 모든 것은 이미 일어나버렸다. 그는 떠나고 없다. 차마 그를 미워할 마음이 생기지 않아 그를 잡지 못한 스스로를 원망한다. 도대체 무엇 때문에 이런 결과가 생긴 것일까?

떠나간 사람은 붙잡지 마라. 비굴한 사랑을 원하는 사람은 아무도 없다. 만약 그 사람이 당신을 정말 사랑했다면 절대 당신을 놓치지 않았을 것이다. 혹시나 다시 마음을 돌리지 않을까 하는 기대도 완전히 접어라. 현실은 냉혹하며 변하지 않는다. 차라리 다시 당당하게 세상을 향해 미소를 지어라. 훗날 그가 당신에게 어떻게 지내느냐고 물었을 때, 네가 없어도 나는 아주 잘 지내고 있다고 말해주어라.

우리는 사랑의 언저리를 배회할 뿐 좌지우지할 수는 없다. 신에게 행복한 결말을 맞이하게 해달라고 빌었지만, 결과는 그렇지 못했다. 그만하면 되었다. 이제 벗어나자. 그가 없는 생활도 언젠가는 익숙해질 것이다. 자신을 믿고 시간을 믿어

담백한 인생이 행복하다

라. 지금은 아프고 힘들어도 시간이 지나면 상처는 아물 것이다. 그리고 진짜 내 짝을 만났을 때 당신은 찬란했던 미소를 되찾을 것이다.

센 척하지 말고 울고 싶으면 울어라. 운다는 건 약하다는 뜻이 아니다. 나만의 삶의 방식을 찾아라. 내가 진짜 원하는 것이 무엇이고 무엇을 추구할지 진지하게 생각해보라. 사랑은 어차피 실체가 없어 눈으로 볼 수도, 만질 수도 없다. 그러니 감각에 의지해 앞으로 나아갈 수밖에 없다. 길을 잃었음에도 계속 전진만 고집하지 않기를 바란다.

사는 것의 의미는
생각보다 가까이에

지독한 골초인 남자가 있었다. 하루는 그가 저녁식사에 친구들을 초대했는데 식사 중에도 계속 담배를 피워댔다. 아내는 조금도 싫은 내색을 하지 않고 조용히 일어나 창문을 열었다. 남자의 친구 중 한 명이 아내에게 다가가 물었다.

"왜 남편이 담배 피우는 것을 말리지 않죠? 담배가 얼마나 건강에 해로운지 모르나요?"

그러자 여자가 대답했다.

"저이한테 담배는 인생 최고의 낙이에요. 팔십 살까지 살

　　　　　　　　담백한 인생이 행복하다

수 있는 거 담배 때문에 육십 살밖에 못 산다고 쳐요. 아무 낙도 없이 팔십 살까지 살면 뭐하나요. 나는 저이가 하루를 살아도 즐겁게 살았으면 해요.”

이 말을 전해들은 남자는 그 길로 집안에 있던 담배를 모두 버렸다. 얼마 후 남자의 금연 소식을 들은 친구가 물었다.

“자네, 담배라면 사족을 못 쓰던 사람이 아닌가? 어떻게 수년이 넘도록 피운 담배를 단번에 끊어버렸나?”

남자가 답했다.

“자네라면 저렇게 좋은 아내를 두고 이십 년 먼저 가고 싶겠나?”

이 부부의 이야기에 많은 이가 부러움을 느낄 것이다. 남편을 이해하는 아내, 아내를 배려하는 남편. 누구나 이런 상대를 만나기를 원한다. 하지만 과연 나는 그런 아내, 그런 남편이었던가?

사랑. 그것은 한 영혼이 다른 영혼을 알아가는 과정이다. 화려한 수식어도 필요하지 않다. 진짜 사랑하는 사람은 내 것을 내어주면서 이해타산을 따지지 않는다. 다만 상대가 내 마음을 알아주기를 바랄 뿐이다. 진심으로 서로를 사랑하는 사람들은 어디에서나 상대방을 생각하고 관심을 기울이며 배려한다. 그렇게 눈빛만 봐도 서로 통하는 사람과 함께하는 삶은 물질적 풍요로움과는 비교할 수 없는 큰 즐거움을 준다.

사랑. 그것은 진실과 성실함이다. 단 한 사람에게만 허락되기에 매혹적이지만 이기적이고, 순수하지만 일방적이다. 고대부터 내려오는 수많은 러브스토리의 주인공처럼, 우리는 나만의 짝을 만나기를 바란다. 설령 비극으로 끝나더라도 한때 죽을 만큼 사랑했던 누군가가 있었다면 그 삶은 여한이 없을 것이다. 하지만 과연 몇 명이나 되는 사람들이 정확한 타이밍에, 정확한 상대를 만날 수 있을까? 설령 만났다고 해도 혹시 알아보지 못하고 놓쳐버리는 것은 아닐까?

사랑은 평등한 관계에서만 지속할 수 있다. 만약 일방적인 희생만 존재한다면 그들의 사랑은 점차 방향을 잃다가 기형으로 변하고, 결국에는 비극을 맞는다.

시작부터 잘못된 경우도 있다. 한쪽만 베풀고 희생하다가 시간이 지날수록 상대방이 그것을 당연한 것으로 받아들이는 경우가 그렇다. 상대방은 더는 감동하지 않는다. 상응하는 관심이나 보답도 없다. 물론 사랑은 등가교환이 아니라서 공정한 보답이 보장되지 않는다. 하지만 지속적인 사랑은 마치 저울과 같아서 추가 한쪽으로 지나치게 쏠리면 결국 중심을 잃고 만다.

어떤 이들에게 가정은 피곤하고 힘든 곳이다. 기가 소진되고 한없이 위축되는 공간이다. 그들에게 이제 남은 것은 의무와 책임뿐이다. 반면 어떤 이들에게 가정은 더없이 따뜻하고 포근한 공간이다. 꼭 경제적으로 부유하지 않더라도 좋다. 그곳에는 마음 깊은 곳에서 느껴지는 즐거움이 있다. '결혼 생활에도 경영이 필요하다'라는 말이 있다. 경영을 잘하는 사람의 가정에 열린 열매는 달콤하고 싱그럽지만, 경영에 서툰 사람의 밭에 열린 과일은 제대로 익지 못해 시고 떫을 것이다. 그리고 그 경영의 핵심은 '서로 이해하기'이다.

남녀의 사랑은 배타성이 강하다. 그런 면에서 사랑은 이기적이다. 신의를 중시하는 사람은 동시에 두 사람을 사랑하지 않는다. 인간은 평생 여러 명을 사랑할 수 있다. 단 그것은 절대 동시에 여러 명을 사랑하는 것을 의미하지 않는다. 다른 시기에 다른 누군가를 만나 사랑할 수 있다. 그 순간 진심으로 사랑한다면 후회도 미련도 남지 않을 것이다. 사랑은 진주 목걸이와 같다. 아무렇게나 대해서 실수로 한곳만 끊어져도 진주가 와르르 풀려나와 모든 것이 엉망진창이 된다. 세심하게 보살피고 아껴야만 영원토록 영롱한 빛을 유지하며 반짝일 수 있다.

사랑은 끊임없이 관심을 가지고 살펴야 한다.
진심으로 상대에게 다가가고
이해하려고 노력하며 세심하게 배려해야 한다.
그래야만 새것처럼 항상 반짝반짝 빛이 나고 향기롭다.

한 계단
내려오기

ㅇㅇㅇㅇㅇㅇㅇㅇㅇㅇㅇㅇㅇㅇㅇ

백구과극白駒過隙(흰 망아지가 달려가는 것을 문틈으로 보다. 흰 망아지가 문틈을 휙 지나가면 그 모습을 보기는커녕 알아채기도 힘 들다. 인생이란 이처럼 순식간에 지나가버리는 덧없는 것이란 뜻- 역자)이라고 했던가. 우리가 미처 사랑인 것을 알아채기도 전 에 시간은 쏜살같이 지나간다. 그리고 새로운 사랑이 시작된 다. 어쩌면 시간이 빠른 게 아니라 우리가 너무 느린 건지도 모르겠다. 그래서 항상 놓치고 난 다음에야 심장이 찢겨나가 는 고통에 신음하고 후회하는 것일지도.

담백한 인생이 행복하다

만약 당신의 결혼 생활이 삐걱거리고 있다면 혹시 '위치 오류' 때문은 아닌지 의심해보라. 때로는 행복과 불행이 계단 하나의 차이로 갈린다. 그가 내려와도 좋고, 당신이 올라가도 좋다. 두 사람의 마음이 같은 계단 위에서 함께할 때 행복은 되살아날 것이다.

여자는 그해 나이 스물다섯이었다. 피부가 유난히 하얗고 부드러워 흰 연꽃을 연상시키는 싱그러운 아가씨였다. 다만 하이힐을 신어도 150센티미터가 조금 넘을 정도로 키가 작았다. 여자는 눈이 높았고, 그래서 반드시 조건이 좋은 남자와 결혼하겠다고 생각했다. 여자는 어느 날 키가 180센티미터가 넘는 남자와 소개팅을 하게 되었다. 아래위로 쭉쭉 뻗은 몸매와 짙은 눈썹이 그를 더 잘생겨보이게 했다. 남자에게 첫눈에 반한 여자는 고개만 숙인 채 아무 말도 할 수 없었다. 쿵쿵거리는 심장 소리가 남자 귀에도 들릴까 걱정되었다.

두 사람은 연인이 되었다. 매 순간이 달콤하고 행복했다. 항상 붙어다녔지만 하루 24시간이 부족하게만 느껴졌다.

둘이 함께 쇼핑을 할 때였다. 노안으로 눈이 침침한 노인이 남자에게 물었다.

"딸내미를 학교에 데려다주는 겐가?"

남자는 아무 대답 없이 여자의 손을 잡고 현장을 빠져나왔다. 그리고 노인이 안 보이는 곳에 이르자 참았던 웃음을 터뜨렸다.

웨딩 촬영을 하던 날, 여자의 키가 남자의 어깨에도 미치지 못해 사진이 예쁘게 나오지 않았다. 남자는 난처해하는 신부를 위해 "내가 멀대같이 키만 커"라고 말하며 빙그레 웃어보였다. 촬영 기사는 계단이 있는 곳으로 장소를 옮겼다. 그리고 남자가 한 계단 내려오고 여자가 뒤에서 남자의 허리를 안으라고 주문했다. 그러자 여자의 머리가 남자의 어깨에 딱 맞게 얹혔다. 여자는 남자의 귀에 속삭였다.

"이것 봐. 자기가 한 계단 내려가니까 이제 딱 맞는다."

결혼 후 삶은 밀물과 썰물이 반복되는 조수 같았다. 각자 직장에서 많은 일을 처리해야 했고, 집에는 집안일들이 쌓였다. 아이가 태어나면서 젖병과 기저귀 처리 등 해야 할 일들이 곱절로 늘어났다. 끊임없이 밀려오는 파도처럼 온갖 잡다한 일들이 몸과 정신을 지치게 했다. 자연스럽게 신경이 예민해지고 싸우는 일이 많아졌다.

부부가 처음으로 크게 싸운 날, 여자는 문을 박차고 밖으로 나왔다. 하지만 막상 나오니 갈 곳이 마땅치 않아 아래층 계단 옆에 쪼그리고 앉아있었다. 그때 누군가 계단을 뛰어내려오는 발소리가 들렸다. 소리로 미루어 짐작건대 두 계단을

담백한 인생이 행복하다

한꺼번에 뛰어내려오는 모양이었다. 그런데 마지막까지 거의 다 내려왔을 때 발이 허공을 짚었고, 남자는 "아이코, 아이코"를 연발하며 급하게 난간을 붙잡았다. 그 휘청거리는 모습이 얼마나 바보 같은지 여자는 참지 못하고 그만 웃음을 터뜨렸다. 터져나오는 웃음을 억누르려고 입을 막고 남자에게 다가가던 찰나 남자가 그녀를 끌어당겨 품에 안았다. 그리고 그녀의 콧등을 살짝 꼬집으며 말했다.

"앞으로 싸우게 되면 지금처럼 계단에 있어. 내가 금방 찾으러 올게."

두 번째 크게 싸웠을 때는 쇼핑을 하던 도중이었다. 한 사람은 어떤 물건을 꼭 사겠다고 고집을 부리고, 다른 한 사람은 결사반대하다 다툼이 커졌다. 결국 화가 머리끝까지 난 여자가 남자의 손을 뿌리치고 혼자 가버렸다. 여자는 어느 정도 걷다가 상점의 유리 벽에 숨어 남자의 동태를 살폈다. 남자가 자신을 따라오리라 기대하면서. 하지만 남자는 그 자리에 우두커니 서 있더니 그냥 자리를 떠나버렸다.

여자는 너무 화가 났다. 노기충천해 집으로 돌아와보니 남편은 소파에 느긋하게 앉아 텔레비전을 보고 있었다. 여자를 본 남자는 마치 아무 일도 없었다는 듯 "당신 왔어? 같이 밥 먹으려고 기다리고 있었어"라고 말하며 여자를 부엌으로 데리고 갔다. 식탁 위의 덮개를 열자 한상 가득 그녀가 좋아하는 음식들이 차려져 있었다. 빨갛게 양념을 입힌 닭날개 요리를 보자 갑자기 허기가 지고 침이 고였다. 하지만 여자는 짐짓 화난 척하며 남자에게 물었다.

"왜 나를 안 쫓아왔어?"

남자가 대답했다.

"당신 열쇠 안 가지고 있잖아. 만약 당신이 먼저 집에 돌아왔는데 문을 못 열어서 밖에서 기다리면 어떡해. 그리고 당신 집에 돌아왔을 때 배가 고프면 어떡해. 그래서 내가 먼저 와서 밥해놓고 기다렸지…. 이 정도면 나 두 계단 정도 내려온 거 맞지? 당신한테 잘 맞춰주고 싶어."

여자는 피식 웃음이 나왔다. 누가 이런 남자에게 화를 낼 수 있을까?

세 번째 싸움은 지금까지 중 가장 격렬했다. 남자가 친구들과 모여 카드 게임을 하느라 외박을 한 날이었다. 그날 하필 아이 몸에 열이 펄펄 끓어올랐고 남편에게 전화했지만 휴대전화는 꺼져 있었다. 여자는 혼자 아이를 데리고 병원으로 갔다. 그리고 다음날 아침에야 들어온 남편을 향해 폭풍처럼 화를 쏟아냈다.

이번에는 남자가 집을 나갔다. "이젠 싸우는 데도 지쳤다"

　　　　담백한 인생이 행복하다

라고 말하며 그는 짐을 챙겨 회사 직원 숙소로 들어가버렸다. 집에는 여자와 아이만 덩그러니 남았다.

그날 저녁 여자는 잠을 이룰 수가 없었다. 무료함을 달래기 위해 거실로 나와 사진첩을 들춰보았다. 첫 장에 웨딩 사진이 있었다. 그녀는 사진 속에서 미소를 지으며 남자의 어깨에 얼굴을 기대고 있는 자신의 얼굴을 보았다. 두 사람 모두 행복해보였다. 사진만 봐서는 여자가 얼마나 키가 작은지 알 수 없었다. 하지만 그녀는 알고 있었다. 사실 두 사람 사이에는 계단 한 칸의 차이가 있었다는 것을. 그 순간 여자는 깨달았다. 부부 싸움이 있을 때마다 남편은 수없이 계단을 내려왔지만, 자신은 한 번도 올라간 적이 없었다는 것을.

여자는 남편의 전화번호를 눌렀다. 신호음이 몇 번 가기도 전에 수화기 너머로 "여보세요" 하며 남편의 목소리가 들렸다. 사실은 그도 여자가 계단을 올라와주기를 기다리고 있었다. 때로 행복은 계단 한 칸만 올라가면 잡을 수 있는 거리에서 우리를 기다린다. 그가 내려와도 좋고 내가 올라가도 좋다. 두 사람의 심장이 같은 위치에서 뛸 수 있다면 그것이 바로 행복이다.

4

우리 모든 걸
시간에 맡겨봅시다

첫 눈에
반한다는 것

갑자기 누군가가 이성으로 느껴졌던 경험이 있는가? 오랫동안 알고 지낸 사람인데 어느 순간 그에게서 갑자기 섬광이 비치고, 그에 대한 생각이 떠나지 않았던 경험.

어쩌면 그는 같은 반 친구였을 수도 있겠다. 매일 얼굴을 보며 지낼 때는 아무 느낌이 없다가 어느 날 밤샘 공부를 하느라 피곤한 당신에게 음료수를 건네며 "힘내"라고 말하는 그를 본 순간, 혹은 학교 행사 때 무대 위에서 연극을 하는 그를 본 순간. 마치 뜨거운 여름날 시원한 탄산음료를 들이켠

담백한 인생이 행복하다

것처럼 잠이 완전히 달아나고 청량감이 핏줄을 타고 온몸으로 퍼지는 것 같던 그 순간, 당신은 그를 좋아하게 되었을 것이다. 어쩌면 그를 처음 본 순간부터 좋아했는지도 모른다. 다만 뒤늦게 그 사실을 깨달은 걸지도.

남자는 4년 동안 같은 반 친구인 그녀에게 사랑을 고백하지 못했다. 그저 좋은 친구로 그녀 곁에 남는 것이 그가 할 수 있는 전부였다. 그녀가 합창단에서 소프라노로 활동할 때 남자는 피아노 반주를 맡았다. 그녀가 몇 명의 남학생들과 연애를 할 때마다 남자는 충실한 청중이자 상담사가 되었다. 그녀가 졸업 후 미국으로 유학을 떠났을 때, 남자는 군대에서 편지로 그녀를 격려했다. 여자는 귀국 후 얼마 지나지 않아 결혼했다. 하지만 신랑은 그가 아니었다.

그녀는 그가 싫었던 게 아니다. 그가 자신에게 관심이 있고 잘해준다는 사실을 몰랐던 것도 아니다. 다만 익숙한 그와 연인이 된다는 것을 상상하기 힘들었고, 정말 연인이 된다면 오히려 관계가 이상해질까 두려웠던 것이다. 그래서 우정과 사랑 사이에서 모호한 태도를 취했고, 그의 마음을 모른 척하며 '좋은 친구 사이'를 강조했다. 하지만 그러면서도 그녀는 줄곧 그에게 의지했다. 그는 워낙 내성적이라 좀처럼 용기 내지 못했고, 그렇게 모든 기회를 놓치고 말았다.

여자의 결혼식 날, 남자는 단상에 올라가 신랑, 신부를 위해 축사를 했다. 한 달 후 그는 살이 5킬로그램 빠졌다. 그리고 어느 순간부터 여자와 소식이 끊겼다.

여자의 결혼 생활은 기대만큼 행복하지 않았다. 그녀는 성격이 강했고 일에 대한 욕심도 많았다. 결혼 생활에만 전념할 타입이 아니었다. 게다가 학창시절 그의 배려와 보살핌을 받았던 습관이 몸에 배어 남편이 언제나 못마땅하게 느껴졌다. '왜 남편은 그 아이처럼 나를 이해하지 못할까?', '왜 그 아이만큼 나를 아껴주지 않을까?', '왜 그 아이처럼 보호하지 않을까?' 여자는 점점 짜증이 늘었고 툭하면 남편에게 화를 냈다.

일 년 후 여자는 이혼했다. 다시 싱글이 되자 그녀는 오히려 생기를 찾았고 일에도 추진력이 붙었다. 직장에서 그녀는 활짝 핀 꽃처럼 매력을 발산했다. 그렇게 몇 년 동안 일에만 전념한 결과, 그녀는 광고업계에서 누구나 알아주는 전문가로 성장했다. 하지만 성공 뒤에는 쓸쓸함과 허무함이 뒤따랐다. 그녀는 학창 시절 자신을 좋아하던 그가 생각났다. 하지만 다시 그에게 연락할 용기가 나지 않았다.

그러던 어느 날 그에게서 전화가 왔다. 두 사람은 함께 저녁을 먹었고, 식사하는 동안 둘은 학창 시절로 돌아간 것 같은 기분에 마음이 들떴다. "네가 합창부에서 노래를 부를 때

담백한 인생이 행복하다

내가 피아노를 반주했었지.", "그때 우리 동아리에 있던 그 애 기억나?", "국어 선생님 기억하니?", "그때 학교 행사 정말 재미있었는데…."

그러다 남자가 조용히 나이프와 포크를 접시 위에 놓으며 말했다.

"나 다음 달에 결혼해."

"어머 축하해."

"내가 이야기 하나 해줄까?" 그가 말을 이었다.

"옛날에 어떤 남학생이 대학에 합격했어. 그런데 등록하는 날 학교에 도착하니 대기자 줄이 끝이 보이지 않을 정도로 길었던 거야. 남학생이 마음만 급해서 발을 동동 구르고 있는데 한 여학생 다가와서 말을 걸었어. 알고보니 같은 과 학생이었지. 남학생은 여학생이 너무 반가웠고 참 친절하고 좋은 사람이라고 생각했지.

남학생은 여학생의 눈동자가 유난히 맑다고 생각했어. 웃을 때 움푹 들어가는 보조개와 덧니도 귀엽게 보였지. 남학생은 첫눈에 여학생에게 반하고 말았어. 그런데 어떻게 자기 마음을 표현해야 할지 막막했어. 여자애는 순수하고 착하고 똑똑하며 인기도 많았어. 그에 반해 남학생은 말주변도 없는 숙맥이었거든. 그래서 친구로만 그녀 옆을 맴돌았어.

그렇게 4년이 흘렀어. 남학생은 졸업식 날 고백하기로 했어. 너를 사랑한다고.

그런데 졸업식 전날 여학생이 외국으로 유학을 갈 계획이라고 말한 거야. 그나마 어렵사리 쥐어짠 용기마저 접어둘 수밖에 없었지.

여학생은 외로움을 잘 탔어. 그걸 잘 아는 남학생은 혹시 타향살이가 힘들지 않을까 걱정이 돼서 매주 그녀에게 편지를 썼지. 그렇게 상담도 해주고 위로와 격려도 해주곤 했어.

여학생의 편지 내용은 미국 생활의 불편함에 대한 얘기가 대부분이었는데, 어느 날부터 타이완에서 유학 온 어떤 남학생에 관한 내용이 주를 이루기 시작했지. 결국 여학생은 미국에서 연애를 시작했고, 그녀의 마지막 편지에는 타이완으로 돌아가면 바로 그 남학생과 결혼할 거라는 내용이 적혀 있었어.

남학생은 심장이 내려앉았지. 가슴이 찢어질 것처럼 아팠어. 사랑하는 것이 죽는 것보다 더 아픈 일이라는 걸 그때 처음 알았지.

남학생은 마지막 용기를 짜내 여학생의 결혼식에 참석했어. 새하얀 웨딩드레스를 입은 그녀의 얼굴에 행복한 미소가 가득했지. 그리고 타이완에서 왔다던 유학생의 얼굴도 봤어.

담백한 인생이 행복하다

신랑 말이야. 원래 인사만 하고 가려고 했는데 어쩌다 무대까지 끌려올라가 축사도 몇 마디 했지.

무대 위에서 자신을 올려다보고 있는 신랑, 신부의 얼굴을 보니 그녀와의 거리가 영원처럼 멀어진 것 같았어. 남학생은 생각했지. '신입생 등록일에 만났던 그 여학생은 이제 존재하지 않는구나.' 어떻게 식장을 빠져나왔는지 기억도 안 났어. 다만 그날 이후 꼬박 일주일을 침대에 누워 앓았지.

남학생은 결심했어. 그녀를 잊자고. 그래서 회사에 무급 휴가를 신청하고 일본 도쿄로 유학을 떠났지. 그곳에서 마찬가지로 타이완에서 온 유학생을 한 명 알게 됐어. 그녀는 남학생이 가장 힘들 때 곁에서 위로가 되어주었고 그가 다시 일어서도록 도와주었지. 남학생은 다시 살 용기가 생겼고 다시 사랑을 믿게 되었지. 그리고 남학생과 그 타이완에서 온 유학생은 곧 결혼할 거야."

여자는 그 이야기를 듣고는 아무 말도 하지 못했다. 집으로 돌아가면서 그녀의 뺨 위로 눈물이 주체할 수 없이 흘러내렸다.

그와의 추억들이 하나하나 머릿속을 스쳤다. 그녀의 결혼식에 참석해 행복을 빌어주던 모습, 미국에서 귀국했을 때 함께 타이베이 전체를 이 잡듯이 돌아다니며 집과 가구를 알아보던 모습 등.

미국에서 전남편과 연애할 때 그는 가장 충실한 청중이자 상담사였고, 혈혈단신 미국으로 유학을 떠났을 때는 합창단에서 노래하던 모습이 담긴 사진을 오려붙인 스크랩북을 우편으로 보내주기도 했었다.

합창단에서 소프라노로 활동했을 때는 누구보다 손발이 잘 맞는 피아노 반주자이기도 했다. 신입생 등록을 하던 날, 그녀는 파란색 체크 남방을 입은 한 남학생이 어찌할 바를 모르고 엉거주춤 서 있는 모습을 발견했다. 귀엽고 잘생긴 외모가 딱 그녀의 이상형이었다. 그녀는 첫눈에 남학생이 마음에 들었고 그에게 다가가 말을 걸었다.

이 세상에는 시작하지도 못하고 끝나는 사랑이 있는가 하면, 긴 세월 백년해로하는 사랑도 있다. 무엇이 되었든 중요한 것은 함께한 시간의 길이가 아니라 한때 당신이 누군가를 사랑했다는 사실 그 자체이다. 그것 하나만으로도 당신의 인생은 충분히 아름답다.

담백한 인생이 행복하다

다시
시작하기

ᗡᗡᗡᗡᗡᗡᗡᗡᗡᗡᗡᗡᗡᗡ

아무리 기억하려 애를 써도 선명하게 떠오르지 않을 때가 있다. 어렴풋하게나마 추억을 담은 빛바랜 사진이나 잡음이 심한 녹음테이프마저 잃어버리면 기억을 되살릴 방법이 영영 요원해지기도 한다. 하지만 어떤 것들은 뇌리 깊은 곳에 각인되어 절대 사라지지 않는다.

상처를 받았을 당시에는 아픈 걸 모른다. 그러다 따뜻한 커피의 쓴맛을 음미하던 어느 날 불현듯 그때의 기억이 떠오른다. 사랑했고 즐거웠지만 슬픔으로 남은 사람. 이젠 모두 지난 일이 되었건만 마치 어제의 일처럼 생생하게 다가온다. 그제야 커피잔 위로 눈물이 떨어진다.

샤오바이가 산부인과에서 임신이라는 말을 들었을 때는 이미 남자친구와 헤어진 지 한 달이 조금 넘었을 무렵이었다. 그녀는 자신이 세상에서 가장 운이 없는 사람처럼 느껴졌다. 드라마나 소설에서 보던 일이 나에게 일어날 거라고는 생각조차 해본 적 없었다.

그렇다고 매몰차게 이별을 선언한 그를 찾아가 구차하게 매달리고 싶지는 않았다. 한쪽이 매달리기 시작하면 아름다웠던 시간까지 모두 없었던 것이 되어버릴 터이다. 곰곰이 생각해보면 완전히 방법이 없는 것도 아니었다.

며칠이 지나자 샤오바이는 전 남자친구에게 연락하고 싶어졌다. 지금의 결과에는 그도 절반의 책임이 있었기 때문이다. 하지만 샤오바이는 고집이 센 여자였다. 가끔은 이해할 수 없는 방법을 고집할 때가 있었다. 이번에도 그녀는 자신의 방식을 밀고나가기로 했다. 모든 일을 철저히 숨기고 혼자 처리하기로 마음을 더욱 다잡았다.

친구들은 샤오바이가 남자친구와 헤어진 사실을 알고 그녀를 위로해주었다. 그때마다 샤오바이는 나는 아주 잘 지낸다고, 처음부터 우린 맞지 않았다고, 진작 헤어져야 했다며 친구들에게 웃어보였다. 하지만 밤이면 베개가 흠뻑 젖을 정도로 울다 겨우 잠이 들었다. 그녀는 조금도 괜찮지 않았다.

샤오바이는 회사에 사직서를 내고 구직을 하지 않은 채 휴식기를 가졌다. 일이 손에 잡힐 리 없었다. 지금은 하루빨리 뱃속의 생명을 지우는 것이 급선무였다. 샤오바이는 그동안 자신이 일하고 생활한 이 도시가 아닌 다른 도시의 병원을 선택했다. 이 도시에는 오점을 남기고 싶지 않았다.

그날 병원은 사람들로 붐볐다. 샤오바이는 접수를 하고 의자에 앉아 자신의 이름이 호명되기를 기다렸다. 주위를 둘러보니 모두 남편의 손을 잡고 둘이 함께 온 사람들뿐이었다. 갑자기 설움이 복받쳐 눈물이 쉴 새 없이 흘러내렸다. 샤오바이는 입술을 꽉 깨물었다. '모두 다 내가 자초한 일이잖아. 이 방법도 내가 선택한 거고. 그러니까 억울할 것도, 서러울 것도 없어.'

막상 수술실로 들어오니 오히려 마음이 평온해졌다. 수술도 생각보다 아프지 않았다. 하지만 수술실의 삭막한 분위기에 마음마저 서늘해지는 것 같았다. 그날 밤 샤오바이는 밤새 꿈을 꾸었다. 짤막짤막한 꿈을 여러 번 꾸었는데, 다 연결해보니 하나의 꿈이었다.

샤오바이의 몸은 차츰 회복되었다. 그동안 가끔 그에게서

담백한 인생이 행복하다

안부 문자가 왔다. 헤어질 무렵 남자친구는 샤오바이의 생리가 늦어지고 있다는 사실을 알았다. 그 점이 궁금했던 모양이었다. 샤오바이는 이미 생리를 했고 임신이 아니라고 답장을 보냈다.

우연한 기회에 샤오바이는 그와 처음 만났던 도시로 갈 일이 생겼다. 처음 손잡았던 장소, 처음 포옹했던 장소, 처음 키스했던 장소 모두 그때 그 모습 그대로였다. 샤오바이는 쓸쓸하고 외로웠다. 그와 처음 손을 잡았던 거리에 쭈그리고 앉아 무릎에 얼굴을 파묻고 한참을 울었다. 울지 않으려고 세게 눈물을 닦아낼 때마다 더 굵은 눈물이 쏟아져내렸다.

샤오바이는 그 도시를 떠나기 하루 전날 그와 마주쳤다. 샤오바이는 아무렇지 않은 척했지만 막상 그의 얼굴을 보자 옛 감정이 되살아났다. 그건 남자도 마찬가지였다.

그가 손을 잡자, 샤오바이가 그동안 고집스럽게 붙잡고 있던 미움과 원망이 눈 녹듯 사라져버렸다. 그가 예전에 어떻게 했는지는 중요하지 않았다. 그를 용서할 이유는 이미 충분했다. '그래, 까지것 그냥 마음 가는 대로 해보자.' 그날 밤 샤오바이는 그의 품에 안겨서 마음속으로 수없이 용서를 빌었다. '미안해. 내가 당신 모르게 우리 아이를 지워버렸어. 내가 당신을 속였어.'

다음날 샤오바이는 해가 뜨기 전에 혼자 밖으로 나왔다. 그녀는 나오기 전 그에게 "사랑해"라고 속삭였다. 밖에는 장대비가 내리고 있었다. 마치 그녀의 기분을 말해주는 것 같았다. 샤오바이는 이번이 그와의 마지막 만남이라는 걸 알았다. 이제 두 번 다시 그를 만나지 않을 것이다.

집으로 돌아오면서 샤오바이는 사주를 보았다. 점쟁이는 그녀가 살면서 안 좋은 일을 한 번 겪을 거라고 했는데, 그 내용이 최근 그녀가 겪은 일과 비슷했다. 샤오바이는 마음이 놓였다. '그래, 이제 괜찮을 거야. 털어버려야 할 것은 다 털어버리고, 놓아야 할 것은 다 놓아버리자. 가끔 생각은 나겠지만 미련은 없다.'

그날 이후 샤오바이는 새로운 인생을 시작했다.

많은 연인이 산과 바다처럼 영원히 변치 말자고 맹세한다. 그와 함께라면 모든 순간이 달콤하다. 함께 밥을 먹고, 출퇴근을 하고, 쇼핑을 하고, 영화를 보고, 장도 보고, 바다와 석양도 본다. 시간이 빠르게 흐른다. 아직도 함께해야 할 일들이 많은데….

이제는 꿈에서 깨어날 시간이다. 아프고 어두웠던 기억에서 벗어나자. 눈물을 닦고 현실을 향해 한 발짝씩 걸어나오는 거다. 다시 밥도 잘 먹고, 잠도 잘 자고, 출근도 하며 일상으로

담백한 인생이 행복하다

돌아오자. 좋아하던 일들도 다시 시작하자. 샤오바이는 깨달았다. 꽃이 피고 지며 한 해 한 해가 가고나면 마음의 상처도 서서히 아문다는 것을. 이제는 숨이 막힐 것처럼 아프지 않다는 것을.

사랑은 털실로 스웨터를 뜨는 것과 같다.

한 코 한 코 정성을 들이다가도

한 번 확 잡아당기면 후루룩 풀려 원점으로 돌아간다.

완전히 잊는 건 불가능하다.

어찌 되었든 그는 한때 내 삶의 일부였다.

살다보면 잘못된 선택을 하고,

고집을 피우지 말아야 할 일에 고집을 부릴 때가 있다.

어쩌면 내가 놓지 못하고 있는 것은

그가 아니라

아낌없이 사랑을 했던

그때의 감정이 아닐까.

고통을
피할 수 없다면

인생에는 기쁘고 즐거울 때가 있는가 하면 힘들고 어려울 때도 있다. 즐겁고 행복할 때는 시간이 짧게 느껴지지만, 힘들고 고생스러울 때는 하루가 일 년처럼 길게 느껴진다. 행복과 고통은 원래 한 쌍이다. 신은 공평해서 고통 뒤에는 언제나 행복이 따라오게 만들었다. 그래서 행복을 즐길 줄 아는 것도 중요하지만 고통을 즐길 줄도 알아야 한다. 행복을 즐기면 성취감이 커지고, 고통을 즐기면 자신감과 인내를 키울수 있다.

담백한 인생이 행복하다

고난과 역경을 만나거든 낙담하거나 비관하지 말고 나를 단련시킬 좋은 기회가 왔다고 생각하자. 성장하는 과정에서 필연적으로 거쳐야 하는 과정이라고 말이다. 어쩌면 신이 우리의 인생을 더욱 풍요롭게 하려고 만든 기회일지도 모른다.

역경과 좌절이 없는 인생은 없다. 절망을 거치지 않고는 진정한 성공을 이룰 수 없으며 실패를 경험하지 않은 사람은 성공이 얼마나 값진지 알지 못한다. '인간사는 새옹지마'라고 하지 않던가. 좌절을 만났다고 해서 두려워하거나 절망할 필요는 없다. 어쩌면 이 좌절이 다른 행운을 가져다줄 수도 있다. 또한 나의 의지력이 단련되어 앞으로 더 좋은 일이 생길 수도 있다. 좌절과 역경을 겪은 자만이 강해진다.

좌절은 때로 누군가의 잠재력을 최대한으로 끌어올려 성공에 이르게 한다. 패기와 자신감이 있는 사람은 실망을 동력으로 바꾼다. 마치 모래를 진주로 만드는 조개처럼 말이다.

비가 내리지 않는다면 어찌 무지개를 볼 수 있겠는가? 실패가 없는 인생은 결코 완벽한 인생이 아니다. 실패를 딛고 일어난 자만이 성공의 진정한 의미를 깨우칠 수 있다. 그리고 이런 깨달음의 연속이 바로 인생의 참맛을 알아가는 과정이다. 진짜 성공을 이룬 사람들은 모두 실패와 좌절을 이겨냈다.

생명을 쉽게 포기하지 마라. 길고 긴 인생의 여정에서 그 누가 순조롭게만 살 수 있겠는가? 그 누가 좌절과 역경을 비껴갈 수 있단 말인가? 시련으로 단련된 사람은 더 강해지고 더 성숙해지며 더 용감해진다. 그리고 성공과도 한 걸음 더 가까워진다. 좌절을 통해 우리는 풍부한 경험을 쌓는 것은 물론이고 자신을 한 단계 더 업그레이드할 수 있다. 그러니 실패를 정면으로 응시하자.

생명, 과정, 행복의 가치를 소중하게 생각하자. 실패에 직면해서 경험을 쌓고 진보를 이루는가, 아니면 절망의 늪으로 한없이 들어가 자멸하는가는 마음먹기에 달려 있다. 실패의 원인을 정확히 파악하고 좌절을 재도약의 에너지로 삼는다면 이겨내질 못할 시련은 없다.

기쁜 일들이 우리를 즐겁게 한다면 고통스러운 일들은 인생을 돌아보게 한다. 즐거웠던 일들은 쉽게 잊히지만, 고통스러웠던 기억은 쉬이 잊히지 않는다. 어차피 누구도 고통을 피할 수 없다면 미소를 지으며 당당하게 그 시련을 즐겨보는 것은 어떨까?

평정심을 유지하는 것도 대단한 일이지만, 거기에 즐기기까지 한다면 금상첨화일 것이다. 시련을 받아들이고 인내하며 더 나아가 즐기고 감사히 여기자. 내 삶을 더 풍요롭게 할

담백한 인생이 행복하다

테니 말이다.

달은 차면 기울고 물은 차면 넘치기 마련이다. 얻는 것이 있으면 반드시 잃는 것이 있는 법. 이것이 세상의 이치다. 그러니 살면서 무엇을 잃더라도 담담하게 받아들이려고 노력하고, 무엇을 얻더라도 평정심을 유지해야 한다.

인생이 연극이라면 우리는 스스로의 삶을 지휘하는 감독이자 배우다. 미소를 지으며 현실을 받아들일 때에만 더 높은 경지에 이를 수 있다. 백 퍼센트 순조로운 인생은 어디에도 없다. 인생의 희비를 바라보는 자세를 바꿔야 한다.

긍정적인 태도는 좋은 일을 가져다주고 심지어 운명까지 바꾼다. 긍정적인 사람은 그저 그런 평범한 일상에 감칠맛을 더할 줄 알고 무거운 분위기를 밝고 쾌활하게 바꾼다. 그리고 고난을 성공으로 향하는 귀중한 기회로 삼을 줄 안다. 그들은 복잡한 일을 간단명료하게 바꾸는 재주가 있다.

인생의 길고 긴 여정 중 어려움은 언제나 존재하기 마련이다. 하지만 그 과정에서 우리는 많은 사람을 만나고 경험의 폭을 넓히며 깨달음을 얻는다. 진리는 사실 매우 간단하다. 다만 세속의 잡다한 이물질들이 엉겨붙어 복잡하게 보일 뿐이다. 일단 그 사실을 깨달으면 우왕좌왕하느라 허비하는 시간을 줄일 수 있다. 우리의 인생은 너무 짧다. 현명한 감독이 되어 인생의 의미를 깨닫고, 묘미를 만끽하자.

　　인생의 의미는 험난한 길을 얼마나 많이 걸었는가에 의해 결정되는 것이 아니라, 그 안에서 얼마나 많은 것을 깨달았는가에 달려 있다. 그리고 그런 깨달음들이 인생을 더 많이 즐기게 할 것이다.

담백한 인생이 행복하다

흐르는
세월에 맡기고

세월은 마치 맑은 술과 같다. 세월 속에서는 잊지 못할 번뇌도, 그리움도 없다. 과거의 일들이 파도처럼 하나둘 나를 향해 밀려든다. 누구보다 사랑했고, 영원히 변치 않겠노라 맹세했으며, 그토록 의지하고 집착했는데…. 죽는 날까지 함께이고 싶었다. 하지만 결국 우리는 각자의 길을 택했다. 그는 그 나름의 일상을 찾았고, 나도 내 나름의 행복을 찾았다. 그때의 슬픔은 오늘에 밀려 저 멀리 흘러가버린다.

그 시절 달콤했던 속삭임을 누가 아직도 또렷이 기억하고 있을까? 단 한시도 떨어지지 않겠다고 떼를 쓰던 그의 모습을 생생하게 기억하는가? 영원히 잊지 않겠다던 약속조차 가물가물하지는 않은가? 너무 깊은 상처라 절대 봉합되지 않을 줄 알았다. 설사 봉합하더라도 어디에 조금만 부딪히면 바로 터지고 진물이 흐를 거라고 생각했다. 그런데 막상 시간이 지나고 나니 그 기억조차 점점 흐릿해진다. 누가 일부러 건드리지만 않는다면 먼지가 쌓이고 바람에 깎여 점차 형태를 잃어버릴 것이다. 그렇게 세월은 잊어야 할 것, 잊지 말아야 할 것 모두를 지워버린다. 사랑도 마찬가지다.

이토록 아름다운 삶인데, 긴긴 인생을 아무 가치도 없는 사람 때문에 암울하게 보내야겠는가? 인생이라는 역에 서서 누군가를 기다리기도 하고, 배웅하기도 하며 살았다. 떠나는 사람은 붙잡지 않았고, 다가오는 사람은 미소로 환대했다. 그리고 그를 나에게 보내준 하늘에 감사했다. 인연이 있는 사람은 결국 남고 인연이 없는 사람은 어떻게 해도 떠나갔다.

걸어온 길을 돌아보니 그곳에 너와 나의 웃음이 있다. 고독했던 내 발자국이 너로 인해 따뜻하게 빛난다. 하지만 결국 길은 끝났고 나는 아무런 원망도, 후회도 없다. 나는 진실한 마음을 얻었고 진실한 눈물을 흘렸다. 이별의 순간, 나는 너에게 감사했다. 네가 나에게 준 즐겁고 아름다웠던 시간들

담백한 인생이 행복하다

을 떠올려본다. 별똥별이 밤하늘에 긴 빛의 흔적을 남기듯 너로 인해 내 삶에 찬란한 빛의 흔적이 남았다. 짧았지만 깊이 사랑했다. 장밋빛 시간들은 결국 잡아둘 수 없었지만, 아쉬움으로 이별의 마침표를 찍을 수밖에 없었지만, 그래도 나는 이 사랑이 완벽했다고 생각한다. 나는 너에게 미래를 줄수 없으니 이렇게 현재를 되돌려주려 한다. 행복을 줄 수 없으니 사랑만을 남기고 가련다. 나를 아껴주고 지켜주던 너의 손을 살며시 놓는다. 이 포옹을 마지막으로 나는 너에게 등을 돌려야 한다. 여전히 눈물이 흐르지만 우리는 각자의 길을 가야만 한다.

이별을 두려워 마라. 언젠가는 또 다른 누군가가 다시 당신 곁에 머무를 것이다. 오랫동안 당신 곁에서 인생의 희로애락을 함께할 것이다. 그는 당신이 그토록 기다려왔던 기쁨을 가져다줄 것이다. 행복은 언제나 갑자기 찾아온다. 온종일 옛사람을 생각한들 그는 더 이상 따뜻한 온기를 주지 못한다. 추억에 연연하는 동안 곁에 있던 사람마저도 지쳐 떠나갈지 모른다.

그럼에도 불구하고 당신은 지나간 그를 그리워한다. 그런데 혹시 알고 있는가? 당신이 그토록 그리워하는 그는 이미 오래전에 다른 사람에게 사랑한다고 고백했다는 사실을. 어쩌면 당신과 헤어지자마자 했을지도 모른다. 이제 고개를 돌려 당신을 사랑스러운 눈빛으로 바라보는 다른 누군가를 보라. 그의 미소는 오직 당신만을 위해 찬란하게 빛날 것이며, 그의 향기는 오직 당신만을 위해 퍼져나갈 것이다. 그의 심장은 오직 당신 때문에 뛸 것이다.

인연이 있었기에 그와 내가 만나 아름다운 한때를 보냈다. 그리고 이제 그 인연이 다했기에 서로에게 등을 보이며 각자의 길을 가야 한다. 인연이 닿을 때 만났다가 인연이 끝나는 곳에서 헤어지는 것이다. 많은 사람이 인연이라는 이름으로 나의 인생에 찾아와 때로는 길게, 때로는 짧게 머물다 떠난다. 내 여정을 함께하며 아름답고 감동적이며 따뜻한 이야기를 같이 써내려간다. 내 인생은 그들로 인해 더 다채로워지고 풍부해졌다. 인연이 닿았을 때 손을 맞잡고 서로의 어깨에 기대어 웃어주다가, 인연이 끝나면 각자 자신의 길을 가면 된다.

가끔 돌아보기는 하겠지만 미련은 가지지 말자. 인간에게는 누구나 각자의 길이 있다. 어느 누구도 그 길을 끝까지 함께할 수는 없다. 그러니 용감하게 이별을 받아들이자. 어쩌면 마음이 아파 깊은 밤까지 홀로 독한 술을 마실지도 모른다. 그렇게 눈물이 나면 울고, 웃음이 나면 웃자. 오늘밤만큼은 미친 사람처럼 하고 싶은 대로 속에 있는 감정을 모두 쏟

담백한 인생이 행복하다

아내자. 날이 밝고 해가 떠오르면 마음속의 먹구름은 모두 물러나고, 이미 지나간 과거가 되어버린 그를 마음 한구석에 담을 것이다. 그리고 웃으리라. 오늘은 새로운 하루가 시작되었으니까.

모든 것에는 인연이 있다. 인연으로 만남과 헤어짐, 기쁨과 슬픔, 감사함과 원망이 생긴다. 어떤 이들은 인연으로 인해 슬픔의 소용돌이에 빠지기도 하고, 어떤 이들은 인연 덕분에 평생의 배필을 만나 백년해로하기도 한다. 살면서 짧은 인연이 옷깃을 스치기도 하고 진실한 사랑이었으나 헤어져야 하는 상황이 오기도 한다.

어쩌면 이미 당신 곁에 다른 누군가가 있을지도 모르겠다. 그래서 더는 옛사람이 남겨놓은 온기를 그리워하며 과거의 기억을 맴돌지 않아도 될지도. 백발이 성성한 나이가 되어 서쪽 하늘을 붉게 물들이는 노을을 볼 때, 당신은 지금 곁에 있는 그와 행복한 미소를 짓고 있을지도 모른다.

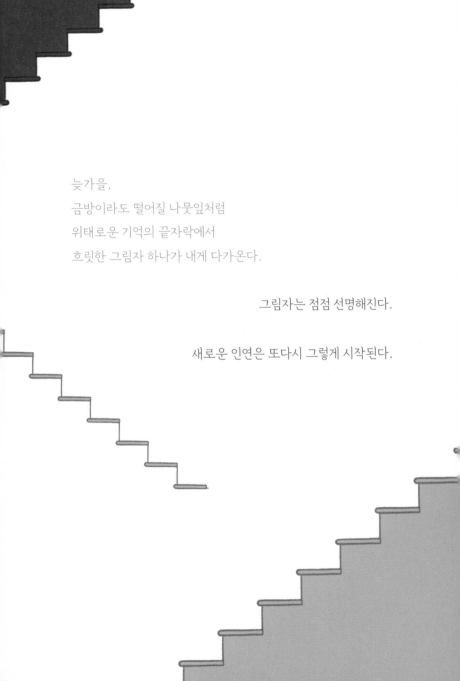

늦가을,
금방이라도 떨어질 나뭇잎처럼
위태로운 기억의 끝자락에서
흐릿한 그림자 하나가 내게 다가온다.

그림자는 점점 선명해진다.

새로운 인연은 또다시 그렇게 시작된다.

기다림의
미학

ⵔⵔⵔⵔⵔⵔⵔⵔⵔⵔⵔⵔⵔⵔⵔⵔ

누구나 친구가 약속 시간에 나타나지 않아 오랫동안 기다려
야 했던 경험이 있을 것이다. 계속 좌우를 두리번거리고 주변
을 서성이다 결국 전화를 했을 때, 그 친구는 천진난만한 목
소리로 이렇게 말했을지도 모른다.

"어머, 미안해. 오늘 약속이 있다는 걸 깜박했네."

헛수고한 것에 대한 낭패감을 느꼈을 것이다. 종종 이런
상황을 겪음에도 불구하고 우리는 여전히 다시 누군가를 기
다린다. 많은 연인들의 만남의 장소였던 곳이 기억난다. 가

을이면 그곳에 떨어진 나뭇잎들이 짓이겨져 있어 누군가가 한참을 그곳에서 서성거렸음을 짐작할 수 있었다.

한때 나는 감상에 젖어 일기에 이런 구절을 쓴 적이 있다. '하늘은 바람과 구름이 있는 곳에서 춤을 추고 강은 물이랑과 바위가 있는 곳에서 사색한다지. 그리고 나는 사람과 소리가 있는 곳에서 너를 기다린다. 별은 여명을 기다리기를 포기하고, 안개는 나무를 감싸기를 포기하고 사라져버리지만, 나의 기다림은 영원히 계속될 것이다.' 기다림은 이렇듯 잊지 못할 추억이 되기도 한다.

나이가 들고, 사회적인 역할이 생기면서 기다림은 감성적 행위에서 이성적 행위로 변한다. 하지만 그렇다고 해서 기다림의 목표가 명확해진 것은 아니다. 여전히 불안하고 혼란스러우며 확신이 없다. 그래서 나는 이런 글을 쓴 적이 있다. '기다림이 단지 목적을 위한 것이라면 단 일 분도 고통일 테지만, 만약 그것이 나의 사명이라면 나는 생명이 다하는 그날까지 기다릴 것이다.' 기다림이란 과연 무엇일까?

어쩌면 인생이라는 것 자체가 기다림의 연속일지도 모르겠다. 기다림은 실패와 좌절에서 희망으로 나아가는 다리 같은 것이 아닐까? 일본 에도막부의 초대 쇼군이었던 도쿠가와 이에야스는 "두견새가 울지 않는데 어떻게 하면 두견새의 소리를 들을 수 있겠습니까?"라는 질문을 받았을 때 이렇게 대답했다고 한다. "기다려라. 그것이 유일한 방법이다."

프랑스의 극작가이자 소설가인 알렉상드르 뒤마는 "인류의 모든 지혜는 기다림과 희망에서 나온다"라고 말하기도 했다. 기다림이 있어야 희망도 있다. 그리고 희망은 생명의 원천이자 삶의 원동력이다. 희망 전에는 언제나 기다림이 있고, 희망의 뒤에도 기다림이 있다. 인생은 좌절과 극복의 반복으로 이루어지기 때문이다.

희극 〈고도를 기다리며〉가 공연되었을 당시 큰 반향을 불러일으켰던 이유는 희망을 확신할 수 없는 상황에서도 기다림을 멈추지 않는 인간의 모습을 그렸기 때문이다. 등장인물들은 목숨을 연명하려고 해도 먹을 뼈다귀조차 없는 형편이고, 목숨을 끊으려고 해도 목을 맬 튼튼한 줄 하나가 없었다. 그래서 그들은 다시 기다린다. 그것이 그들이 위안 받을 수 있는 유일한 길이기 때문이다. 작품은 잔혹한 사회 현실을 보여줌과 동시에 희망에 대해 말하고 있다. 희망은 분명 존재한다. 그러나 그 희망이 언제 실현될지는 아무도 모른다. 그래서 기다림은 종종 환멸을 가져온다.

인간은 때로 이루어질 수 없음을 뻔히 아는 일을 계속할 수밖에 없을 때가 있다. 〈고도를 기다리며〉는 고통스러워하

담백한 인생이 행복하다

는 인류를 차마 절망으로 내몰지 못하고 일말의 여지를 남긴다. 고도가 나타나든 그렇지 않든, 기다림은 그들에게 정신적인 버팀목이 되어줄 것이다.

'기다림' 하면 나는 종종 북방의 꽃을 떠올리곤 한다. 내가 사는 남방에서는 풀과 꽃이 사시사철 피니 큰 신선함을 느끼지 못하지만, 북방에서는 혹독한 겨울이 지나고 봄이 오면 사람들이 눈치채지 못하는 사이에 사방에 봄꽃들이 흐드러지게 피어 장관을 이룬다. 이를 중국 당나라 때의 시인 잠삼은 이렇게 표현했다. '홀연 하룻밤 새 봄바람이 불어와, 천만 그루 나무에 배꽃이 핀 듯하네.' 북방의 꽃들에게는 길고 긴 겨울의 기다림이 있다. 하지만 계절이 바뀌고 봄바람이 불기 시작하면 마치 약속이나 한 듯 여기저기서 꽃들이 만개해 북방의 봄을 꽃의 향연으로 물들인다.

그러니 우리에게도 꽃과 같은 기다림이 있었으면 좋겠다. 견고한 믿음과 끈질긴 기다림은 세상에서 가장 아름답고 향기로운 꽃을 피워낼 것이다.

5

때로는
부족하기 때문에
아름답다

그땐 그랬고,
지금은 아니다

남녀 간의 사랑에서 가장 금기시되는 것은 과거에 대한 집착이다. 분명 잊었다고 해놓고 매번 자신도 모르게 과거의 그 사람을 떠올린다. 오늘을 살면서도 문득문득 과거에 그가 남겨놓은 상처가 떠오른다. 마음은 차갑게 식고 좀처럼 회복하지 못한다. 이런 일이 반복되다보면 현재 옆에 있는 사람도 힘들어지고 스스로도 지친다. 한때 누군가를 미치도록 사랑했고, 이제는 그 꿈에서 깨어났지만⋯. 어디로 가야 할지 모르겠다. 완전히 방향을 잃어버렸다.

담백한 인생이 행복하다

당신은 그를 기쁘게 하고 싶었지만, 그의 마음에는 당신이 들어설 자리가 없었다. 가진 것을 모두 걸어서라도 그의 세계로 들어가는 입장권을 사고 싶었지만 결국은 당신 혼자만의 바람으로 끝났다. 그는 당신의 세계에 관심이 없었고, 당신은 그의 세계에서 매번 쫓겨났다. 당신은 진심으로 그를 사랑했기에 마음을 두 손 위에 들어 고이 그에게 바쳤다. 그러나 그는 그것을 무시하고 짓밟았다. 눈을 감아본다. 잊을 수 있을 거라고 생각했는데 나도 모르게 눈물이 흘러내린다.

이 세상에는 이런 사랑을 하는 사람들이 의외로 많다. 묵묵히 순정을 다해 사랑했지만 결국 혼자 아무도 없는 곳에서 소리 죽여 아파해야 하는 사랑.

반드시 사과를 하는 쪽이 틀렸고 사과를 받는 쪽이 옳은 것은 아니다. 잘못은 없지만 상대와의 관계가 더 소중하기 때문에 먼저 사과할 때도 있다.

누군가를 미워하면 장점조차 위선처럼 보이고, 누군가를 좋아하면 단점도 장점처럼 보인다. 사랑이 불타오르는 시기에는 아무것도 상관하지 않는다. 그가 원하는 일이라면 무엇이든 할 수 있다. 하지만 그 시기가 지나면 사람들은 계산하기 시작한다. "나는 왜 이만큼이나 했는데 너는 그만큼 하지 않니?", "나는 내 모든 것을 다 너에게 줄 수 있는데 왜 너는 그렇게 숨기는 것이 많니?" 점점 말다툼이 잦아지고 냉전이 길어지다 이별을 하고, 다시 화해하고, 다시 냉전에 돌입하는 일들이 반복된다. 그 과정을 견디면 지겨워도 그냥저냥 같이 가는 것이고, 이겨내지 못하면 각자의 길을 걷는 것이다. 우리는 종종 이런 사연을 친구에게 들으면 이성적인 조언을 잘해주지만 막상 내 얘기가 되면 받아들이기가 힘들어진다.

시간이 지나면 모래와 분리되어 자연히 맑아지는 흙탕물처럼, 시간이 당신에게 진실을 말해줄 것이다. 누가 무엇을 잘못했는지, 어디서부터 잘못된 것인지.

손을 잡을 수 있을 때 어깨만 나란히 하지 말고, 포옹할 수 있을 때 손만 잡지 마라. 사랑할 수 있을 때 이별을 말하지 말며, 사랑을 가졌을 때 모호한 태도로 대하지 마라.

남자가 여자에게 주는 상처는 비단 배신만 있는 것이 아니다. 여자가 기대하고 있을 때 실망을 안겨주고, 그녀가 가슴 아파할 때 위로하지 않는 것 역시 상처가 된다.

우리의 인생은 희극 또는 비극으로 정해져 있는 게 아니다. 비극에서 빠져나올 수 있다면 그 인생은 희극이 되고, 희극만을 고집하다보면 그 인생은 비극이 되기도 한다. 만약 당신이 옛 연인에게 연연하여 무턱대고 기다리기만 한다면 결국에 남는 것은 늙은 몸뚱이 하나뿐일 것이다. 인생의 의미는 좋은

담백한 인생이 행복하다

패를 하나 꺼내는 데 있는 것이 아니라 나쁜 패 하나를 잘 처리하는 데 있다.

종종 사람들은 이런 생각을 한다. 만약 그 사람을 조금 더 일찍 만났다면 지금 이렇게 엉뚱한 누군가에게 발목이 잡혀 있지는 않을 텐데 혹은 조금만 늦게 만났다면, 내가 조금만 더 성숙했을 때 만났다면 더 잘 이해하고 포용할 수 있었을 텐데. 그러면 그토록 쉽게 이별을 말하지 않았을 텐데. 하지만 시간은 되돌릴 수 없고, '만약'은 과거를 조금도 바꿀 수 없다. 그건 사랑도 마찬가지다.

인간의 가장 약한 부분은 '미련'이다. 한때 찬란했던 사랑에 대한 미련, 허영으로 그려낸 상상의 세계에 대한 미련, 한때 받아보았던 박수갈채에 대한 미련 등. 아무리 눈물을 흘리며 붙잡으려 해도 좋은 시절은 무정하게 흘러가버린다. 도저히 직면할 용기가 없어 현실을 부정하고 무작정 기다려본다. 어쩌면 당신이 진짜 기다려야 할 것은 다시 찾아오지 않을 기회나 누군가가 아니라 '시간' 그 자체일지도 모르겠다. 시간이 망각을 가져오기를, 시간이 내가 포기하도록 도와주기를.

누군가를 좋아할 때는 특별한 이유가 없지만, 싫어할 때는 수만 가지 이유를 댈 수 있다. 그러니 그의 단점을 생각하고 그만 놓아주어라. 만약 그가 알아서 당신에게 돌아온다면 영원히 당신의 사람이 되겠지만, 다시 돌아오지 않는다면 그는 처음부터 당신 것이 아니었다. 가장 좋은 복수는 증오가 아니라 냉담해지는 것이다. 굳이 상관없는 사람을 미워하느라 에너지를 낭비할 필요가 무엇이란 말인가. 어제 많은 것을 잃었다는 사실 자체보다 그 일에 계속 집착하고 빠져나오지 못하는 것이 더 큰 비극이다.

잊으라는 말은 다시는 생각하지 말라는 것이 아니다. 가끔은 생각하되 그로 인해 너무 심한 감정의 기복을 겪지 말라는 것이다. 진정한 망각은 노력이 필요치 않다.

우리의 인생은 짧다. 이 짧은 인생을 살면서 가장 중요한 것은 남들과 잘 지내는 것이 아니라 나 자신과 잘 지내는 것이다. 사람은 누구나 말 못할 사연 하나쯤은 가슴에 품고 산다. 옛날 일에만 매몰되어 항상 풀 죽은 모습으로 사는 건 자신에게 못할 짓이다. 아무도 나를 사랑하지 않으면 어떤가? 그럴수록 내가 나를 더 사랑해야 하지 않겠는가.

담백한 인생이 행복하다

진짜 행복은
마음으로부터

ꕤꕤꕤꕤꕤꕤꕤꕤꕤꕤꕤꕤꕤ

살다보면 내 뜻대로 되지 않는 일들이 너무도 많다. 아니, 오
히려 내 뜻대로 되는 일이 거의 없다. 그럴 때마다 우리는 누
군가를 원망한다. 그리고 자신이 얼마나 불행하고, 불쌍한 사
람인지 생각한다. 과거의 상처와 그로 인해 생긴 울분은 영혼
에 과부하를 일으킨다. 그래서 어쩌면 우리는 마치 술에 살짝
취한 것처럼 반은 깨어 있고, 반은 취한 상태로 인생을 살아
가고 있는지도 모르겠다. 수많은 사람들이 오늘도 그렇게 하
루를 버티며 살아간다.

그렇다면 우리의 영혼은 깨끗했던 예전으로 돌아갈 수는 없을까? 언제까지 진흙을 잔뜩 묻힌 것처럼 무겁고 우울한 기분으로 살아야 할까? 주름이 잔뜩 진 영혼을 영원히 펴지 못하고 이렇게 쪼그라든 상태로 죽음을 맞아야 할까? 이런 심리 상태는 자연스럽게 배우자나 가족, 친구에게도 영향을 미친다. 여기서 벗어날 방법은 없을까? 해결 방법은 바로 이런 걱정들조차 마음에서 내려놓는 것이다.

세월은 덧없이 흐르고 그동안 허송세월한 것 같아 괴로울 때가 있다. 하지만 속세의 속박에서 완전히 자유로운 사람이 과연 몇이나 되겠는가? 이 세상에 태어난 이상 누구나 살기 위해 전전긍긍하며 발에 땀이 나도록 뛰어다닐 수밖에 없다. 다만 우리가 할 수 있는 일은 그로 인해 마음이 지치지 않도록 하는 것뿐이다. 어른이 되면 마음의 짐이 무거워진다. 정신적인 스트레스와 부담감은 때로 과부하를 가져온다. 그래서 어른이 되면 어린 시절을 그리워한다. 할 수만 있다면 영원히 아이로 남고 싶다. 나만 빼고 모두 자유롭고 즐겁게 살아가는 것 같다. 하지만 그들에게 "행복하세요?"라는 질문을 던졌을 때 과연 몇이나 "YES"라고 답할까? 보이는 것이 전부라고 생각하지 마라.

누구에게나 과거가 있다. 그 과거의 일들은 기억의 방 한

담백한 인생이 행복하다

쪽에 차곡차곡 쌓여간다. 하루가 지나면 그 하루치의 기억이 쌓인다. 그러다보면 도저히 감당이 안 될 정도의 무게가 되어 스스로를 짓누르기 시작한다. 왜 과거의 즐겁지 않던 기억들을 툴툴 털어버리려 하지 않는가? 우리는 '너무 많음' 속에 살아간다. 너무 많은 시간, 분, 초가 있고 너무 많은 순간이 있으며 너무 많은 선택과 너무 많은 실패가 있다. 그 '너무 많음'을 오롯이 감당해야 하는 것은 우리의 영혼이다. 긴 것 같다가도 찰나처럼 짧은 것이 우리의 인생이다. 과거의 기억과 아픔을 모두 눈물로 쏟아내보자. 마지막 한 방울까지 다 짜낸 후에 당신의 인생은 더 이상 너무 긴 여정도, 찰나의 순간도 아니게 될 것이다.

인생은 갇힌 호수가 아니라 흐르는 강물이다. 시간은 강물처럼 끊임없이 흐르고 우리의 인생도 그 강물을 따라 끊임없이 움직인다. 그렇게 지나온 곳은 정거장과 기차역이 되고 만났던 사람들은 손님이 되어 나타났다 사라진다. 사람들은 자신이 지나쳤던 역과 스쳐지나간 손님들의 기억을 끄집어내서 그리워하고, 괴로워하고, 미워하고, 원망한다. 하지만 그러다 문득 깨닫는다. 이 모든 것이 허상이라는 것을. 이미 지나간 일인데 우리는 고집스럽게 그것들을 붙잡고 놓아주지 않는다. 마음을 너무 피곤하게 하지 마라. 이미 내 것이 아닌 것에 왜 그리 집착하고 미련을 버리지 못하는가? 한 역에 너무 오래 머무를 수도 없고, 지나친 역을 다시 돌아갈 수도 없다. 떠나가려는 손님의 발을 영영 묶어둘 수도 없다. 그저 감사하는 마음으로 웃어보자. 시간의 강은 지금도 앞을 향해 나아가고 있다. 과거의 늪에서 벗어난 자만이 다가올 행복을 온전히 맞이할 수 있다.

삶은 마치 물과 같다.

천천히 씹어보고 음미하다보면

그 안에 물 특유의 달콤함이 있음을 알게 되는 것처럼

우리의 삶도

평온함 속에 다채로운 즐거움이 숨어있다.

사랑의
장애물

ᑎᑎᑎᑎᑎᑎᑎᑎᑎᑎᑎᑎᑎᑎᑎ

아래 소개할 세 개의 이야기는 내 주변에서 실제로 일어난 일들이다.

첫 번째 이야기의 주인공들은 내 대학 동기인 한 남학생과 여학생이다. 이 둘은 서로에게 관심이 있으면서도 어찌 된 일인지 오랫동안 친구로만 지냈다. 아마 용기 내기가 쉽지는 않았기 때문이었던 것 같다. 하지만 다행히도 졸업이 다가올 즈음 그들은 드디어 연인이 되었다.

두 사람은 함께 석사 과정을 준비했다. 그런데 남자만 붙

담백한 인생이 행복하다

고 여자는 떨어졌다. 여자는 지금 와서 베이징에서 직장을 구하자니 시기가 애매해 어쩔 수 없이 다른 도시에서 직장을 구했다.

나를 비롯한 친구들은 차마 두 사람에게 끝까지 사랑을 지켜나가라고 말하지 못했다. 장거리 연애가 얼마나 어려운지 다들 잘 알고 있었기 때문이다.

그러던 어느 날 우리가 상상도 못했던 일이 벌어졌다. 남자가 석사 과정을 포기하고 여자가 있는 도시에서 직장을 구한 것이다.

만약 당신이 지금 사정이 있어 사랑하는 이와 떨어져 있어야 한다면, 되도록 그 현실을 바꾸려고 노력해보면 어떨까? 만약 그로 인한 대가가 너무 크다고 생각한다면, 나는 당신에게 묻고 싶다. 행복을 포기하는 것보다 더 큰 대가가 도대체 무엇이냐고.

두 번째 이야기의 주인공은 내가 아는 어떤 아름다운 여대생이다. 대학교 3학년인 그녀는 대학 입학 후, 단 한 번도 남자친구를 사귀어본 적이 없었다. 너무 예뻐서 남자들이 감히 고백을 못했기 때문이었다.

그러던 중 그녀가 4학년이 되었을 때, 드디어 사람들은 그녀가 한 남학생과 손을 잡고 캠퍼스를 누비는 장면을 목격했다. 남학생은 잘생기고 성적도 좋기로 유명한 그 학교 학생 회장이었다. 친구들 모두 두 사람이 천생연분이라고 말했다. 둘은 함께 유학을 준비했다. 여기까지만 들으면 이 이야기는 왕자님과 공주님이 오래오래 행복하게 살았다는 동화가 되었을 것이다. 하지만 신은 언제나 행복한 사람들을 시기하는 법. 두 사람은 각자 다른 국가의 학교에서 합격 통지서를 받았다.

흔히 장거리 연애는 언젠가 깨진다고 말한다. 그런데 이들은 다른 지역도 아닌 다른 나라였다. 더군다나 함께했던 시간 조차 길지 않았다. 게다가 두 사람 모두 외모까지 출중하니 자연스럽게 많은 유혹이 있을 게 뻔했다. 친구들은 둘이 헤어지지 않을 이유를 찾는 게 더 어려울 정도라고 생각했다. 그래서 안부를 물을 때도 애인의 안부는 잘 묻지 않았다. 그래서 친구들이 알 수 있는 내용은 두 사람 각자 해외에서 잘 적응하고 있으며 공부도 잘하고 있다는 것뿐이었다.

그렇게 시간이 지나 졸업한 지 반년이 되었을 즈음에도 동문 홈페이지에 두 사람은 여전히 서로를 '가장 특별한 친구'로 지정하고 있었다. 그리고 어제, 둘이 함께 찍은 사진이 홈페이지에 올라왔다. 사진 속의 그들은 여전히 행복하고 즐거워보였다.

담백한 인생이 행복하다

누가 아름다운 것이 약하다고 했는가? 누가 몸에서 멀어지면 마음마저 멀어진다 했는가?

세 번째 이야기의 주인공은 나의 친한 친구다. 그 친구는 성실한 성격 덕분에 항상 좋은 성적을 받았고 칭화대학도 순조롭게 입학했다.

학사를 마친 후 친구는 교수 추천으로 시험을 보지 않고 바로 석사 과정을 밟게 되었다. 개강 전 그에게 오랜만에 시간적 여유가 생겼다. 친구들은 이때를 놓치지 않고 저마다 여자를 소개해주겠다고 나섰다. 이 얼마나 훌륭한 신랑감이던가. 친척이나 지인 중 적당한 사람이 있으면 소개하고 싶은 건 당연지사였다.

그런데 친구가 뜻밖의 선언을 했다. 이미 여자친구가 있다는 거였다. 장거리 연애라 했다. 우리는 어떻게, 언제부터 사귀었느냐고 물었다. 친구는 채팅을 통해 그녀를 알게 되었다고 말했다.

우리는 모두 웃었다. 인터넷 채팅이라고? 그건 중학교 때나 호기심에 하던 것이지, 다 큰 어른이 할 짓이 아니었다. 적어도 우리는 그렇게 생각했다. 게다가 사는 곳도 멀고 아직한 번도 만난 적 없다니! 채팅으로 만난 사람들의 열에 아홉은 일단 얼굴 한 번 보면 바로 깨지기 마련 아니던가! 기가 찰 노릇이었다.

친구들은 너 나 할 것 없이 그만두라고 말렸지만, 그는 "그녀를 베이징으로 데리고 오면 돼"라며 전혀 개의치 않았다.

우리는 친구를 이해할 수 없어서 응원도 해줄 수 없었다. 그러던 어느 날 친구가 캠퍼스에 정말 그녀를 데리고 왔다. 그제야 우리는 왜 그가 그토록 열심히 아르바이트했는지 알았다. 여자친구를 베이징으로 데리고 오기 위해 준비하고 있었던 것이다. 그녀는 얼마 지나지 않아 바로 베이징에서 직장을 구했고, 새로운 도시에 빠르게 적응했다. 그 후 두 사람의 행복한 모습을 보면서 우리도 그들의 미래를 축복했다.

모든 건 본인 하기 나름이다. 누가 불가능하다고 말했는가?

첫 번째 이야기는 사랑도 선택임을 말하고, 두 번째 이야기는 사랑은 의지에 달려 있음을 말하며, 세 번째 이야기는 사랑에 불가능이 없음을 말한다.

사랑하는 사람과 멀어진다 해도 현실을 탓하지 마라. 문제는 나 자신에게 있다. 사랑한다면 무엇이 불가능할까? 나는 사랑의 힘을 믿는다. 당신은 어떤가?

담백한 인생이 행복하다

내 마음속에
영원히

많은 사람이 사랑하는 이에게 배신을 당한다. 떠나간 그를 욕하거나 앞날을 축복하고 늦은 밤 홀로 베갯잇을 적신다.

사랑은 원래 즐거운 일이지만 때론 아픈 상처를 남긴다. 그런데 그게 과연 상대방만의 탓일까? 지금은 더 이상 부모가 배필을 정해주던 봉건사회가 아니다. 누구나 자유롭게 배우자를 선택할 권리가 있다. 그와 처음 손을 잡았을 때, 당신은 누구보다 행복했을 것이다. 그가 만약 이별을 요구한다면 당신도 모르는 사이에 그를 실망시켰을지도 모른다. 신은 모두에게 지옥으로 가는 차표를 준비해놓는다고 한다. 죽을 것 같은 이별의 고통은 누구에게나 찾아올 수 있다.

'내 마음을 오직 당신만이 이해하네'라는 가사를 믿지 마라. 새빨간 거짓말이다. 그가 내 마음을 알아주는 유일한 사람이라면, 그가 떠난 후에는? 이 세상에 당신의 마음을 알아주는 사람이 하나도 남아 있지 않다는 말인가? 이 얼마나 불쌍하고 비참한 인생이란 말인가. 당신의 삶이 오직 그 한 사람을 위해 존재했단 말인가?

남녀의 애정에 옳고 그름을 따지기가 쉽겠느냐마는 그래도 만약 당신이 명석한 두뇌와 지혜가 있어 잘잘못을 가려냈다면, 그다음 할 일은 잊는 것이다. 잊는 것은 몸으로 치면 일종의 신진대사에 해당한다. 빈틈 하나 없는 풍선에 끊임없이 공기를 주입하는 것처럼 망각을 모르는 뇌는 언젠가 터져버릴 수밖에 없다.

사실 딱 하나의 진리만 깨달으면 훨씬 편해진다. 모든 사랑이 다 함께할 수는 없다는 것, 모든 사랑이 다 인생의 동반자가 되지는 않는다는 것, 모든 사랑이 다 백년해로하는 건 아니라는 것. 그는 떠나겠지만 사랑했던 마음마저 가지고 가는 것은 아니다. 그에게 그저 "잘 가"라고 말하는 것이 욕설이나 저주를 퍼붓는 것보다 나을 수 있다.

담백한 인생이 행복하다

"나는 아무런 원망도 여한도 없다!"라고 떠벌리는 사람들이 있는데, 사실 그건 남을 속이고 자신을 속이는 짓에 불과하다. 준 것이 있는데 어찌 보답을 바라지 않을 수 있겠는가? 우리는 신이 아니다. 이와 반대로 분명 좋아하는 마음이 남아 있으면서도 겉으로는 극도로 혐오하는 척하는 사람들이 있다. 이들도 자신을 속이기는 마찬가지다. 증오라는 페인트를 덧칠하는 이유는 애정의 불씨를 완전히 꺼트려 아픔을 느낄 여지를 막고자 함이다. 그렇다고 증오로 인해 이성까지 마비되는 일은 없어야겠다. 헤어지는 순간에 흉한 모습을 보여서 그가 당신과 헤어지길 잘했다고 생각하지 않도록 말이다.

사랑의 반대말은 미움이다. 그리고 사랑과 미움은 인연의 양면이기도 하다. 상황에 따라 여차하면 사랑은 미움이 되기도 하고, 미움이 사랑으로 변하기도 한다. 사랑은 마치 초콜릿과 같다. 너무 빨리 먹으면 단맛을 충분히 음미할 수 없고 너무 늦게 먹으면 손안에 있던 초콜릿이 다 녹아버린다.

미움은 술과 같다. 너무 급하게 마시면 빨리 취해서 위를 상하게 하고 너무 천천히 마시면 술 마시는 느낌이 살지 않는다. 만약 적당한 시기에, 적당한 속도로 사랑하는 법을 모르거나 적절하게 미워하는 방법을 모른다면 변질된 음식처럼 악취를 풍기고 식중독을 유발해 몸을 상하게 할 것이다.

사랑이 끝났다고 해서 비난과 저주를 퍼붓지는 않았으면 좋겠다. 물론 내가 얼마나 아프고 억울한지 알리고 싶을 것이다. 그렇게 하면 가슴도 후련하고 상처도 더 빨리 낫고, 다시 자아를 회복하는 시간도 단축될지 모른다. 정말 그렇게 생각한다면 좋다. 그와 치열한 결전을 벌여라. 이왕 이렇게 된 거 근거리에서 한 치의 실수도 없이 상대에게 치명상을 입힐 수 있도록 작전도 짜보라. 하지만 기억하라. '적군 천 명을 죽이려면 아군 팔백의 전사를 감수해야 한다'라는 말이 있다. 당신의 입에서 나온 독기 어린 말들이 상대방에게 타격을 입힐 수는 있겠지만 당신 자신에게도 깊은 상처를 남길 것이다.

만약 그런 척이 아니라 정말 싫어졌다면, 좋아하는 마음이 하나도 남아 있지 않다면 당신은 그를 처음부터 사랑하지 않았던 것이다. 그냥 당신이 오라면 오고, 가라면 가는 하인이자 소모품에 불과했던 따름이다. 일종의 스페어타이어였다고 할까? 내 가치를 알아주지 않는 사람 곁에 머무를 이유는 없다. 그래서 그는 새 차를 찾아 떠나갔을 뿐이다. 무엇이 서운하고 뭐가 억울하단 말인가.

상처는 사랑의 기억이다. 조급할 필요 없다. 일생을 통해 천천히 지워나가면 된다. 사랑을 했다는 느낌은 소중하고, 어떤 면에서 그 아픔은 정신적인 재산이기도 하다. 그러니 너

담백한 인생이 행복하다

무 성급하게 아픔을 부정하고 떨쳐내지 마라. 한때 당신을 사랑했던 그는 전생에 인연이 있었을지 모른다. 만약 그가 정말 당신의 마음을 저버린 것이라면, 모든 것이 그의 잘못이라면 어쩌면 전생에 당신이 그를 저버린 적이 있을지도 모를 일이다. 돌고 돌아 윤회의 고리 어느 지점에서 다시 만난 것일지도. 그러니 잘잘못을 따질 일이 무어랴.

어떤 이들은 인연은 하늘이 정해준다고 말한다. 나도 그 말에 동의한다. 결국 함께하게 된 이들은 사실 서로를 알기 오래전부터 서로를 위해 살아오고 있었다.

그래서 인연이 되는 사람들은 아무리 멀리 있어도 서로를 그리워하고, 인연이 없는 사람들은 바로 옆에 있어도 그냥 스쳐지나가게 된다. 모든 애정은 유효기간이 있다. 다만 그것을 어디에 두느냐가 중요할 따름이다. 만약 그것을 과거에 둔다면 한때의 일일 뿐이겠지만, 마음속에 고이 간직한다면 평생의 일이 될 것이며 심지어 당신의 생명을 뛰어넘을 수도 있다.

우리는 행복이 먼 곳에 있다고 생각한다.

하지만 훗날 알게 되리라.

내가 안았던 사람,

내가 잡았던 손,

불렀던 노래,

흘렸던 눈물…

이 모든 게 행복이었다는 것을.

익숙함이 부른
위험한 착각

ㅁㅁㅁㅁㅁㅁㅁㅁㅁㅁㅁㅁ

하루는 친구가 술 한 잔 하자며 전화했다. 그는 얼마 전 아내
와 이혼하고 혼자 두 아이를 키우고 있었다. 친구가 말했다.

"나는 변기도 청소해야 깨끗하게 유지된다는 사실을 이혼
후에 알았네. 육아가 그토록 많은 돈과 노력이 드는 일이었는
지도 말이야. 내 자유 시간이 전혀 없더군."

나는 물었다.

"전처는 잘 지낸대?"

"나와 이혼 후에 외국인과 결혼했어. 잘 지내더군."

담백한 인생이 행복하다

"애들은 보러 안 와?"

"전혀."

친구는 담담했다.

"그래도 애들 엄만데? 애들이 보고 싶지도 않대?"

나는 이해가 가지 않았다. 친구는 조용히 앞에 있던 술잔을 비우고 지금까지의 결혼 생활에 관해 털어놓기 시작했다. 그는 아내가 꽤 괜찮은 여자라고 했다. 결혼 전에는 좀 놀아보기도 했다는데 결혼한 후에는 완전히 과거를 청산하고 오직 가정에만 전념했다고 했다.

첫째 아이가 태어난 후 친구는 아침 일찍 집을 나가 저녁 늦게 들어오는 일이 많아졌다. '어쩔 수 없는 고객 접대'가 늦은 귀가의 단골 메뉴였다. 아내는 그런 남편을 안쓰럽게 생각해 조금도 원망하거나 불평하지 않았다. 둘째 아이가 태어난 후 밤늦게 귀가하는 일이 더 잦아졌고 심지어 외박을 하기도 했다. 그의 아내는 그가 가족을 위해 시간을 내주기를 바랐지만 친구는 언제나 이 핑계 저 핑계를 대며 여전히 제가 살고 싶은 대로 살았다. 남자의 어머니 즉, 아내의 시어머니는 전형적인 '옛날 사람'이었다. 그녀는 남자가 밖으로 도는 것이 순전히 여자 탓이라며 며느리를 타박했다. 결혼한 지 팔 년이 되던 해에 친구의 아내는 결국 폭발하고 말았다.

"지난 팔 년 동안 당신이 가족을 위해 한 게 뭐 있어?"

친구는 그 순간에도 술에 취해 있었다.

"매일 나가서 열심히 돈 벌어오잖아. 그걸로 부족해?"

"돈만 가져다주면 다 되는 줄 알아? 여자한테 돈만 가져다주면 만사 장땡인 줄 아느냐고."

친구는 기분이 상했다.

"그럼 뭘 더 바라는데? 먹고 사는 데 불편한 거 없게 해줬으면 됐지. 그러는 당신이야말로 매일 집에서 하는 게 뭐 있어? 하고 싶은 거 마음대로 하면서 놀고먹는 주제에. 당신처럼 팔자 좋은 여자가 또 어디 있다고 그래?"

친구의 말이 아내의 가슴을 후벼 팠다.

"당신 그러니까 결혼하고나서 지금까지 내가 어떤 노력을 했는지 하나도 모른다는 거네? 내가 힘든 게 하나도 안 보였다는 거지? 애들은 그냥 저절로 자랐다고 생각해? 모든 게 다 그냥 저절로 된 것 같아?"

친구도 물러서지 않았다.

"나는 노력하지 않은 줄 알아? 당신 부양은 누가 했는데? 지금까지 누구 돈으로 산 건데? 애들이 지금까지 누구 돈으로 컸는데!"

친구의 아내는 이제야 모든 걸 알았다는 표정으로 입을 다

담백한 인생이 행복하다

물었다. 며칠 후 그녀는 이혼을 제기하면서 아무 조건도 요구하지 않았다. 아이도, 돈도 다 필요 없다고 했다. 오직 이 남자로 인해 더 이상 자신의 삶을 낭비하고 싶지 않을 따름이라고 했다.

이야기를 마친 친구는 한참 동안 말없이 고개만 숙이고 있었다. 나는 친구가 술을 너무 많이 마셨다고 생각하고 그의 등을 두들겨주었다.

"이혼하고 나서 애들 엄마를 대신할 여자를 계속 찾아봤거든. 그런데 내가 좋아하는 여자는 애들이 싫다고 하네."

"애들이 싫다고 하면 너도 그냥 별로인 거야?"

친구는 고개를 끄덕였다. 그는 술에 취해 나에게 하는 말인지, 혼잣말인지 모를 얘기를 늘어놨다.

"지금에야 안 사실인데, 애들은 저절로 알아서 크는 게 아니더라. 우리 엄마도 경우에 어긋났고. 집안일들은 얼마나 많은지. 애들 둘 데리고는 아무 데도 갈 수 없더라고. 변기가 항상 깨끗한 것도 다 이유가 있는 거더라."

친구는 흐느껴 울기 시작했다.

그 순간 나는 아무 말도 할 수 없었다. 어떤 남자들은 여자를 사랑하는 법을 영원히 모르고 산다. 그들에게 여자는 그저 가사도우미나 하녀고, 외로울 때 옆에 있어줄 누군가이며, 대를 이어주는 도구일 뿐이다.

친구는 그동안 변기가 왜 깨끗한지 생각해본 적이 없었다. 그는 화장실에 쪼그리고 앉아 변기를 솔로 박박 문지르면서 비로소 자신의 옆에 있었던 여자가 얼마나 고생했는지 깨달았다.

타인에 대한 관심과 이해, 인정과 칭찬은 필요하다. 그런 격려가 인생의 활력소가 된다. 대부분의 여자는 "정말 고마워"라는 말을 들으면 화가 누그러지기 마련이다. 사람에겐 칭찬이 필요하다. 결혼한 여자에게는 더욱 그렇다. 관심을 가지고 그녀의 행동 하나하나를 칭찬해야 한다. 그래야만 비로소 자신의 삶에서 자신감과 즐거움을 찾을 수 있다.

남자도 물론 마찬가지다. 불행한 많은 부부가 서로를 업신여기고 무시하다 결국 남보다 못한 관계가 되어버린다. 결혼 생활은 일종의 학문과 같아서 칭찬하는 법을 제대로 배우고 익혀야 한다. 결혼 생활의 불행은 종종 사소한 일에서 싹튼다. 상대의 감정을 아무렇지 않게 생각하고 무시하면 그것은 폭력이 되고 부부 사이는 점점 더 멀어진다.

담백한 인생이 행복하다

항상 옆에 있었기에
함부로 대하고 상처만 주었다.
그런데 잃고 난 후에야 비로소 깨달았다.
그의 빈자리를.

주위를 둘러보라.
만약 그가 아직 당신 옆에 있다면
조금 더 따뜻하고 세심하게 대하는 건 어떨까?

6

산다는 것은
—— 사실 ——
참 좋은 일

어둠의 터널을 지나
빛을 향해

♤♤♤♤♤♤♤♤♤♤♤♤♤♤

사람마다 사는 모습이 모두 다르다. 어떤 이는 하는 일 없이 평생을 무위도식하고, 어떤 이는 성공을 위해 평생 발바닥에 땀이 나도록 뛰어다닌다. 사실 크건 작건 처음부터 목표가 없었던 사람은 없을 것이다. 누가 더 나은 삶을 꿈꾸지 않겠는가?

성공을 이룬 사람들의 대부분은 절망으로 가득 찬 '어둠의 시간'을 지나온 사람들이다. 주위를 유심히 관찰해보면 항상 "다 끝났어. 아무리 노력해도 희망이 없어"라는 말을 입에 달

담백한 인생이 행복하다

고 다니는 사람들이 있는데, 이들은 대부분 성공과는 거리가 멀다. 희망을 보지 못하는 것이 바로 변변한 성취를 이루지 못하고 정신적으로 빈약한 사람들의 가장 큰 약점이다. 성공을 향해 꿋꿋이 걸어가는 사람들은 절대 실패를 말하지 않는다. 그들은 앞으로 나아가다보면 언젠가는 기회가 주어질 것을 굳게 믿는다.

역경을 만나더라도 견디고 버텨라. 포기하지 않는다면 불가능하게 보이던 일도 가능하게 된다. 가만히 지켜보면, 사람들은 가장 험난하고 어려운 시기를 오랫동안 잘 버텨내다도 성공이 손을 내밀려는 찰나에 포기를 외치며 도망친다. 하루아침에 성공할 수 없다는 사실을 기억해야 한다. 어떤 계획을 세우든 인고의 시간은 반드시 거쳐야 한다. 그게 성공의 예외 없는 기본 조건이다.

여기서 인내란 아무것도 하지 않고 무조건 기다리라는 말이 아니라, 신념을 가지고 지속적으로 노력하라는 말이다. 어려운 문제를 해결하기 위해 전력을 다하다보면 사실 그 문제가 생각했던 것만큼 심각하지 않음을 발견할 때가 종종 있다. 포기하지만 않는다면 반드시 해결 방법을 찾게 될 것이다. 그리고 그 어두운 터널을 지나고 나면 눈부신 빛을 보게 되리라.

인생의 긴 여정을 여행하다보면 반드시 어두운 터널을 지나게 되어 있다. 이 터널은 누구에게나 암울하고 참담하다. 또한 그것은 우리의 의지와 정신력을 시험한다. 하지만 같은 터널이라고 해도 사람에 따라 다른 결과를 얻는다. 부처님 말씀 중에 '마음이 개똥으로 가득 찬 사람 눈에는 개똥만 보이고, 마음이 꽃으로 가득 찬 사람의 눈에는 모든 것이 아름답게 보인다'라는 말이 있다. 좋고 나쁨, 아름다움과 추함, 성공과 실패는 대부분 세상을 보는 태도와 의지에 달려있다.

시련을 이겨낸 강인함은 다이아몬드처럼 단단하고 아름답다. 이집트 신화에 나오는 피닉스라는 새는 오백 년에 한 번씩 불 속으로 뛰어들어 자신을 불사른다고 한다. 오래된 육신을 벗어던지고 새로운 모습으로 다시 태어나는 것이다. 우리의 삶도 마찬가지다. 실패와 고통, 역경과 시련에 당당히 맞서라. 나는 '하늘은 스스로 돕는 자를 돕는다'라는 말을 믿는다.

프랑스 문학가 빅토르 위고의 소설《레 미제라블》에서 미리엘 주교가 장발장에게 베푼 사랑은 그를 죄악에서 선으로 인도했다. 사랑만이 더 많은 사랑을 낳는다. 이런 사랑이야말로 우리가 나가야 할 길을 알려주는 좌표이며 어두운 밤길을 비추는 등불이다. 이런 사랑이 있기에 길을 잃었다가도 다시

담백한 인생이 행복하다

찾을 수 있다.

사랑, 열정, 관용, 선량함, 성실함은 인생의 가장 높은 가치이자 우리를 인도하는 등불이다. 어둠 속에서 빛이 되어주고 추운 겨울에 따뜻한 온기가 되어준다. 그 등불은 가족이 비춰줄 수도 있고, 친구, 연인이 줄 때도 있지만, 가장 많은 빛을 나에게 주는 사람은 바로 나 자신이다. 그리고 그 빛이 우리를 계속 전진하게 할 것이다.

앞으로 어떤 길을 걷게 된다고 해도
마음속에는 항상 작은 등불 하나를 밝히고 있어야 한다.
그 등불이 인생 전체를 따뜻하게 보듬을 것이다.

미약한 불빛이지만,
언젠가는 커다란 불꽃으로 변할 것이며
세상의 구석구석까지 비출 것이다.

무거운 짐을 안고
날아오르기

△△△△△△△△△△△△△△△△

80층 아파트에 살고 있는 형제가 있었다. 하루는 여행에서 돌아오니 정전이라 엘리베이터가 작동하지 않았다. 어쩔 수 없이 형제는 무거운 짐을 들고 계단을 오르기 시작했다. 20층까지는 그럭저럭 오를 만했지만, 그 이상은 도저히 힘들 것 같다는 생각에 형이 말했다.

"아무래도 짐이 너무 무거운 것 같아. 우리 이렇게 하는 게 어떨까? 우선 짐을 여기에 두고 올라가서 좀 쉬다가 전기가 들어오면 엘리베이터를 타고 내려와 옮기자."

　　　　　　　담백한 인생이 행복하다

동생은 기다렸다는 듯 고개를 끄덕였다.

두 사람은 농담을 주고받으며 사뭇 여유롭게 계단을 올랐다. 하지만 40층 즈음 이르자 다시 힘들어지기 시작했다. 이제 겨우 반 올라왔다고 생각하니 모든 게 짜증이 났다. 두 사람은 정전 공지를 주의 깊게 보지 못한 책임을 서로에게 떠넘기며 신경질을 부렸다. 그렇게 싸우면서 겨우겨우 60층에 다다랐을 즈음, 이제는 너무 지쳐 싸울 기력조차 없어졌다. 형이 말했다.

"우리 싸우지 말고 계단이나 마저 다 오르자."

두 사람은 묵묵히 남은 계단을 올랐고, 드디어 80층에 도착했다. 그러나 문을 열려는 찰나, 형제는 깨달았다. 열쇠가 20층에 놓고 온 가방 안에 있다는 사실을.

이 이야기는 우리의 인생과 비슷하다. 스무 살 전까지 우리는 부모님과 선생님 등 여러 사람의 기대 속에 산다. 그래서 마음의 짐도 무겁고 스트레스도 크게 느낀다. 스스로가 부족하다고 느끼며 괴로워하는 시기이기도 하다. 하지만 스무 살이 지나 독립된 생활을 하면서 어느 정도 마음의 짐을 내려놓는다. 어떤 이들은 자신이 원하는 대로 살며 자유를 만끽한다. 하지만 마흔이 되면 청춘이 한없이 내 곁에 머물지 않는다는 사실을 깨닫고 후회하는 마음이 생기기 시작한다. 그래서 원망과 질투가 많아진다. 이렇게 남을 탓하며 또 20년의 세월을 보낸다. 그리고 예순이 되면 남은 세월이 많지 않음을 깨닫고 남은 시간을 소중히 생각하자며 자신을 타이른다. 그렇게 조용히 여생을 보낸다. 그리고 인생의 막바지에 이르렀을 때, 사람들은 비로소 자신이 아주 중요한 것을 놓쳤다는 사실을 깨닫는다. 모든 꿈을 스무 살 시절에 남겨두고 온 것이다.

"늙은이에게 가장 후회되는 일은 자신이 했던 일들에 대한 것이 아니라 해보지 못했던 일들에 대한 것이다."

아직 젊을 때, 내 꿈이 무엇인지 찾아라. 꿈은 망망대해를 떠도는 배에게 등불이 되어줄 것이며, 비바람에 옷깃을 여미는 나그네에게 우산이 되어줄 것이다. 성공의 언덕에 다다르도록 나를 채찍질해줄 것이며, 좌절 속에서 다시 힘을 내도록 격려해줄 것이다.

꿈을 이루는 과정에서 수많은 우여곡절을 겪게 되지만 그렇다고 모든 사람이 그 시련에 굴복하는 것은 아니다. 어떤 이들은 용감하게 폭풍우와 맞서기도 한다. 연이은 불운으로 심장이 찢기는 와중에도 그들은 묵묵히 앞을 향해 나아간다. 운명도 그들의 발걸음을 멈추지는 못한다. 꿈을 향해 항해하다보면 실패라는 빙산을 피할 수 없다. 자존심은 짓밟히고 심

담백한 인생이 행복하다

장은 갈기갈기 찢겨 신음하게 될 것이다. 그 과정에서 사람들은 자긍심을 버리고 운명 앞에 머리를 조아린다. 그리고 자신이 꿈꿔온 모든 것을 의심하기 시작한다. 산 정상에서 낭떠러지로 떨어지는 과정은 너무나 아프고, 예전에 가졌던 모든 것들은 파괴된다. 사람들은 깊은 생각에 잠긴다. 그리고 여기서 멈추자고, 그만하고 돌아가자고 스스로에게 말한다. 심지어 어떤 이들은 자멸을 택한다.

하지만 그 와중에도 몇몇은 끝까지 용기를 잃지 않고 계속 앞을 향해 전진한다. 그리고 과거에 겪었던 잘못은 물론 성공의 기억까지 모두 내려놓는다. 실패의 아픔과 성공의 영광을 등 뒤에 남겨두고 오직 현재의 꿈을 향해 묵묵히 발걸음을 옮긴다.

혹시 한 번도 꿈을 실현하기 위해 전력을 다해본 적 없지 않았는가? 혹시 불현듯 어떤 일이 하고 싶어져 시작했다가 도중에 쉽게 포기하지는 않았는가? 불굴의 의지가 없었던 것은 아닐까? '목표를 달성할 때까지 포기란 없다'와 같은 자세와 패기가 부족했던 것은 아닐까? 그래서 당신의 꿈이 지금까지 그저 꿈에만 머무른 것은 아닐까?

꿈이 하늘의 별처럼 그저 멀게만 느껴졌을지 모른다. 결코 이루어질 수 없다고 생각했을 것이다. 그래서 노력도 해보지 않고 겁부터 냈던 건 아닐까?

당신도 언젠가는 꿈을 이루는 날이 오기를 갈망했을 것이다. 내 안의 재능을 모두 발굴해 사람들 앞에서 당당하게 외치고 싶었으리라. "나는 쓸모없는 인간이 아니야!"라고. 하지만 지금 이 순간에도 당신은 여전히 걱정만 할 뿐 단 한 발짝도 떼지 못하고 있다. 심지어 자신이 무엇을 걱정하는지조차 모른다. 그렇게 걱정만 하고 있는 이 순간에도 세월은 흐르고, 청춘은 덧없이 사라진다. 그럼 과연 당신에게는 무엇이 남을까? 후회. 당신에게 남는 건 후회밖에 없을 것이다.

지금도 당신의 꿈은 여전히 멀리 있는가? 지금도 자신이 쓸모없는 인간이며 열등감과 비관으로 가득 찬 인생을 살아가고 있지는 않은가?

더는 망설이지 마라. 날개를 펴고 꿈을 향해 날아가라. 성공하든 못하든, 적어도 죽는 순간 '그때 해볼걸' 하며 후회하는 일은 없을 것이다.

담백한 인생이 행복하다

포기하지 않는 한
패배란 없다

우리는 종종 스스로에게 묻는다. 희망이란 뭘까?

희망은 길을 밝히는 등불이다. 아무리 어두운 밤에도 등불만 있으면 길을 잃지 않고 목적지까지 갈 수 있다. 희망을 잃으면 살아갈 이유도, 용기도 잃어버린다.

희망은 불씨다. 생명과 의지를 활활 타오르게 하는 불씨.

린안은 열 달 임신 끝에 드디어 아기를 출산했다. 그녀는 아들을 보는 순간, 진통의 기억도 까맣게 잊은 채 행복에 젖어들었다. 하지만 얼마 지나지 않아 그녀는 청천벽력 같은 소식을 들었다. 아들이 선천성 골형성부전증 진단을 받은 것이다. 가족들은 상의 끝에 아이를 포기하자고 했다. 하지만 린안은 차마 그럴 수 없었다. 린안에게는 어렵게 얻은 아이였다. 그녀는 가족들의 의견을 단칼에 무시했다. 그녀는 언젠가 아들이 일어설 것이라 굳게 믿었다.

하지만 시련은 이게 끝이 아니었다. 아내의 고집에 화가 난 남편이 이혼을 요구한 것이다. 린안은 아들을 위해 남편과 이혼하기로 결심했다.

그녀는 울면서 아들에게 말했다.

"아가, 이제 엄마한테는 너밖에 없구나. 엄마는 너를 절대 포기하지 않을 거야."

그 후 린안에게 신체적으로나 정신적으로 힘들고 고통스러운 나날이 이어졌다. 남들에게는 쏜살처럼 빠르게 느껴질 몇 년이 린안에게는 마치 몇십 년이 지난 것 같았다.

아들의 다리는 여전히 호전될 기미가 보이지 않았다. 그녀가 남몰래 얼마나 많은 눈물을 흘렸는지 아마 다른 사람들은 짐작도 못할 것이다. 하지만 그녀는 아들에게만큼은 이렇게 말했다.

"얘야, 아무리 힘들어도 울어서는 안 돼. 너는 강하단다."

하지만 린안은 앞으로 그들에게 더 많은 시련이 찾아오리

담백한 인생이 행복하다

라는 것을 알고 있었다. 언제까지나 아들 옆에 있어줄 수는 없었기 때문이다. 그녀는 아들이 신체적 장애 때문에 위축되는 것을 원치 않았다. 그녀는 아들에게 남들과 똑같은 교육을 받게 하고 싶었다. 그래서 아들을 업고 여러 학교를 돌아다녔지만 입학 허가를 해주는 곳은 없었다. 사정도 하고, 울면서 빌어도 봤지만 소용없었다. 그도 그럴 것이, 그녀의 아들은 뼈가 너무 약해 조금만 실수해도 유리처럼 부서질 수 있기 때문이었다.

하늘도 그녀의 정성에 감동했던 것일까. 드디어 한 학교에서 아들의 입학을 허락한다는 연락이 왔다. 린안은 그날부터 비가 오나 눈이 오나 매일 아들을 업고 등하교시켰다. 다행인 것은 선생님과 같은 반 친구들 모두 그녀의 아들에게 매우 친절했다. 그녀는 가끔 쉬는 시간에 아들이 친구들과 환하게 웃으며 노는 모습을 보며 '이제 한시름 놓았구나'라고 생각했다.

시간이 흐르면서 아들의 몸이 커지자 린안은 더 이상 아들을 업고 다닐 수가 없었다. 그래서 그녀는 일하며 모은 돈으로 휠체어를 사서 아들의 등하교를 도왔다. 똑같은 일상의 반복이었다. 아침을 먹고 아들을 등교시킨 후 출근해 생활비를 벌었다. 생활은 어려웠지만 아들의 성적은 항상 상위권을 유지했다.

　린안은 아들의 앞날에 더 많은 고난과 역경이 기다리고 있다는 사실을 알고 있었다. 하지만 아들은 지금까지도 잘 버티지 않았던가. 게다가 아들에게는 강한 정신력과 독립심, 지식이 있었다. 린안은 그런 아들이라면 어떤 일이 닥쳐도 잘 극복하고 꿋꿋하게 주어진 삶을 살아낼 거라 믿었다.

　인간은 살면서 때로 가시밭길을 걸을 때도 있고, 비바람과 폭풍을 만날 때도 있다. 만약 희망이 없다면 작은 고난에도 생명의 잎은 꺾이고 배는 뒤집힐 것이다. 그러나 살고자 하는 의지만 있다면 어떤 고난이 닥쳐도 이겨낼 수 있다. 희망을 버리지 않는 한, 당신은 이미 승자다.

담백한 인생이 행복하다

사랑.

볼 수도, 만질 수 없지만

이 세상에서 유일하게 우리의 존재를 따뜻하게 해주는 감정이다.

사랑이 있는 한 우리의 항해는 계속될 것이다.

어떤 소용돌이도, 암초도 우리를 전복시키지 못하리라.

기다림의
가치

◦◦◠◦◦◦◦◦◦◦◠◦◦◦◦

사람들은 시간이 사람을 변하게 만든다고 말하지만, 실은 그 사람이 처음부터 변할 사람이었을 뿐이지 시간 때문은 아니다. 믿음을 가지고 서로의 오해와 갈등을 적절히 푼다면 진짜 사랑하는 사람끼리 기다리지 못할 이유가 있을까.

기다림은 필연적으로 그리움과 고통, 초조함을 동반한다. 외로움에 몸부림쳐봐도 그를 만날 수 없다. 멀리 떨어져 있기에 소소한 일상을 함께할 수 없다. 그래서 기다림은 실망과 허무함이 남는다.

담백한 인생이 행복하다

하지만 그렇다고 해서 당신의 사랑을 포기하지는 마라. 둘이 함께한 추억을 회상하고 그가 얼마나 좋은 사람인지 상기하다보면 기다림이 가치 있는 일임을 깨달을 것이다. 두 사람의 미래가 행복할 거라는 사실을 잊지 말자. 그러니 관심을 덜 준다고 투정하거나 원망할 것도 없다.

어떤 이들은 인간이 본래 쉽게 변하는 동물이라고 말한다. 그래서 당신은 기다림이 아무 보답 없이 허망한 결과를 가져오는 건 아닌지 두렵다. 변화는 한순간 갑자기 일어나지 않는다. 아주 천천히 진행되면서 여러 가지 징조를 보이기 마련이다. 그러니 당신이 조금의 관심만 가져도 변화의 조짐을 감지할 수 있다. 하지만 이왕 기다리기로 했다면 그를 믿어라. 그렇지 않다면 기다림은 견딜 수 없는 고통이 될 것이다.

기다림은 그렇게 인간의 의지를 시험한다. 사랑은 결코 아이들 놀이가 아니다. 사랑하는 사람은 서로에게 책임감을 느껴야 하며 진실해야 한다. 혹자는 기다림이 도박이라고 하지만 기다리지 않으면 무슨 다른 방법이 있겠는가? 사람마다 각자의 이상과 목표가 있고 그것에 다다르는 방식도 저마다 다르다. 때로는 기다리는 것만이 사랑을 지키는 유일한 방법이다. 그리고 당신 역시 누군가 당신을 기다리고 있다는 사실을 잊어서는 안 된다.

진심으로 사랑한다면 언젠가는 서로에게 다시 돌아가게 되어 있다. 두 사람의 인연이 둘을 멀어지도록 내버려두지 않을 것이다. 다른 여자의 아름다운 외모, 다른 남자의 번지르르한 겉모습이 뭐가 중요하단 말인가? 그들의 지위와 돈이 나와 무슨 상관이란 말인가? 사물의 표면을 꿰뚫어 내면의 본질을 볼 줄 아는 통찰력을 지녀야 한다. 그런 시험에 놓였던 사람들은 오히려 지금의 사랑을 더 아끼고 소중히 여긴다.

달이 차고 기울듯 만남이 있으면 이별도 있다. 그렇게 사람들은 만남과 이별의 반복 속에서 살아간다. 멀리 떨어져 지내야 하는 연인들은 가끔 시험에 놓이기도 하고 서로 싸우기도 하지만 진심으로 사랑하는 마음만 있다면 대부분은 잘 극복한다.

사랑에는 기다림, 진실함, 포용과 이해가 필요하다. 사랑은 즐거움이자 고통이다. 비록 지금은 눈물을 흘리며 그를 보내지만, 기다림은 더 오랜 만남을 위한 과정임을 잊지 말자.

이별과 기다림은 두렵고 고통스럽다. 그렇기 때문에 서로를 믿고 이해하며 서로에게 성실을 다해야 한다. 오늘도 수많은 연인이 사랑의 맹세를 하고 기꺼이 서로를 기다린다. 진실한 사랑과 믿음만 있다면 기다림은 잠깐에 불과하다.

담백한 인생이 행복하다

행복은 바로
지금 이 순간에

일이 마음대로 되지 않을 때면 종종 앞이 막막하고 사는 게 참 피곤하다는 생각이 든다. 사람들은 심신이 피곤하고 지칠 때 과거를 그리워하거나 장밋빛 미래를 그리는 경향이 있다. 그렇게 과거와 미래를 현재라는 시간 안으로 끌어들인다. 현재는 우리에게 지금 이 순간을 잘 보내라고 주어진 시간이다. 바꿀 수 없는 과거나 아직 일어나지도 않은 미래만 생각하고 현재의 시간은 소홀히 한다면 상황은 더 악화할 수밖에 없다.

누구나 일이 잘 안 풀릴 때가 있다. 어쩌면 누군가 당신의 축 처진 어깨에 손을 얹으며 "힘내"라고 이야기할지도 모른다. 그러나 때로는 그런 말이 나를 더 힘들게 하기도 한다. 현실이라는 벽에 부딪혀 머리에서 피를 흘리고 있는데, 미소를 짓기 위해 입꼬리를 올릴 힘조차 남아 있지 않은데 어떻게 더 힘을 내라는 말인가.

얼마 전 친구들과 오랜만에 모였는데 대화의 주된 내용은 과거의 추억과 현실에 대한 불만이었다. 어떤 친구는 선을 수십 번 봤는데 아직 마음에 드는 짝을 만나지 못했다며 "내 인연은 도대체 어디에 있는 거냐?"라고 하소연했다. 상황은 제각각이지만 그들 모두 현재와 미래에 대한 확신이 없었고, 어떤 친구는 자신감도 많이 떨어진 상태였다. 연애 문제를 상담하기 위해 나를 찾아오는 사람들도 많은데, 그럴 때마다 나는 최선을 다해 조언한다. 하지만 대부분 그냥 충실한 청중이 될 뿐이다. 사실 도움이 되지 못할 때도 많다. 때로는 나 자신조차도 내 일을 잘 처리하지 못할 때가 있으니 말이다.

하지만 한 가지 확실한 것은, 즐거운 기분을 회복하고 싶다면 일단 마음을 가라앉히고 침착하게 생각해야 한다는 것이다. 그리고 차분하게 하나하나 처리해야 한다. 침착함은 특별히 즐거운 상태는 아니지만, 그렇다고 불쾌한 상태도 아니다.

생각이 너무 많기 때문에 인생이 복잡한 것이다. 몸은 현재에 있으면서도 마음은 과거를 잊지 못하고 미래에 일어날 일들을 걱정한다. 그렇게 과거와 미래를 동시에 안고 가려니 당연히 발걸음이 무거울 수밖에.

힘든 일이 생기면 우리는 종종 현실을 회피한다. 하지만 아무리 도망가려 해도 그 일은 끈질기게 우리를 따라다니며 괴롭힌다. 자꾸만 생각나고, 생각하면 할수록 가슴이 쓰리고 아프다. 그러다보면 정작 하고 싶었던 일에 집중하지 못하고 시간만 질질 끌다가 머리만 더 복잡해진다. 결국에는 기진맥진하여 의지와 자신감을 잃어버린다.

때로 너무 상심한 나머지 아침에 창문 커튼을 젖히는 것조차 귀찮아진다. 커튼 뒤에 놓여 있는 작은 화분의 존재도 까맣게 잊어버린다. 화분 속 튤립은 매일 당신과 함께 마음 아파하고 향긋한 냄새로 당신을 위로하려 하지만, 당신은 그것을 볼 수도 그 향기를 맡을 수도 없다.

튤립은 그렇게 당신과 함께 아파하다 점점 시들어간다. 하지만 끝까지 당신을 곁을 떠나지 않는다. 언젠가 당신이 다시 웃는 모습을 보고 싶어서 그렇게 가장 힘든 시기에 당신의 곁을 지키고 있음에도 당신은 그것에 눈길 한 번 주지 않는다. 그 마음이 얼마나 아플지도 생각하지 않는다.

그렇게 오랜 시간이 흐르고 드디어 힘든 시기가 지나면 당신은 그제야 튤립을 생각한다. 그래서 조심스럽게 커튼을 열어젖힌다. 그때도 튤립이 여전히 싱그러운 미소로 당신을 향해 웃어줄까?

당신이 이미 벌어져 다시는 바꿀 수 없는 일들로 상심해 있는 동안 당신 주변의 모든 것들은 끊임없이 움직이고 변화한다는 것을 기억하자. 어쩌면 당신이 상심에서 빠져나왔을 때, 이미 모든 것이 늦었을지 모른다.

현재에 충실해야만 자신에게도 충실할 수 있다. 과거의 일은 이미 엎질러진 물이다. 그 부질없는 일에 매달리느라 새롭게 주어진 현재와 앞으로 현재가 될 미래를 그렇게 허비하려 하는가?

똑같은 실수를 반복하지 마라. 바꿀 수 없는 과거 때문에 현재와 미래까지 망치지 마라. 시간은 당신을 위해 멈추지 않는다. 오늘은 어제 때문에 아파하고, 내일은 오늘 때문에 아파한다면, 당신은 평생을 아파하면서 보내야 한다.

인생은 아름답다. 잠시 아쉬워하고 아파하는 건 괜찮지만 평생 그렇게 살지는 않기를 바란다.

담백한 인생이 행복하다

만약 지금도 지나간 일로 마음 아파한다면,

현재가 불만스럽고 미래에 대한 확신이 없어 마음이 어지럽다면,

잠시 창문을 열어 신선한 공기를 들이마시자.

그러면 산다는 것이 사실 참 좋은 일이라는 걸
다시 느끼게 될 것이다.

담백한 인생이 행복하다

초판 1쇄 발행 | 2018년 1월 5일
초판 2쇄 발행 | 2018년 2월 22일

지은이 | 무무
옮긴이 | 강은영
발행인 | 이원주

임프린트 대표 | 김경섭
책임편집 | 송현경
기획편집 | 정은미 · 권지숙 · 정인경
디자인 | 정정은 · 김덕오
마케팅 | 노경석 · 이유진
제작 | 정웅래 · 김영훈

발행처 | 미호
출판등록 | 2011년 1월 27일(제321-2011-000023호)

주소 | 서울특별시 서초구 사임당로 82
전화 | 편집 (02) 3487-1141·영업 (02) 3471-8044

ISBN 978-89-527-7950-2